JN105134

こぎつね、わらわら
稲荷神のあったか飯

松幸かほ

SKYHIGH文庫

おしながき

登場人物紹介
illustration
テクノサマタ
豊《とよ》峯《みね》
浅葱《あさぎ》
加ノ原《かのはら》 秀尚《ひでひさ》
寿《す》々《ず》
萌黄《もえぎ》

冬雪《とうせつ》
陽炎《かぎろい》
二十重《はたえ》
十重《とえ》
紗雪《さゆき》
ゆきんこ
宵星《よいぼし》
暁闇《あけやみ》
雪桜《せつおう》

加ノ原《かのはら》 秀尚《ひでひさ》	食事処「加ノ屋」の料理人。26歳。まっすぐな性格で情に厚い。
浅葱《あさぎ》＆萌黄《もえぎ》	双子の狐。浅葱は活発、萌黄はおとなしい系。どちらも頑固。
豊峯《とよみね》	ちみっこ狐。電車が大好きですごく詳しい。
寿々《すず》	赤ちゃん狐。めっちゃ可愛い。
陽炎《かぎろい》	「あわいの地」警備担当。明るいムードメーカー。
冬雪《とうせつ》	本宮との連絡役兼「あわいの地」警備担当。たらし。
暁闇《あけやみ》・宵星《よいぼし》	双子の狐。金髪が兄の暁闇。黒髪が弟の宵星。 戦闘作戦に特化した数少ない稲荷。登場がいつも派手。
十重《とえ》・二十重《はたえ》	「萌芽の館」で暮らすちみっこ双子狐。女子力が高い。
雪櫻《せつおう》	雪女。銀のゆきんこちゃんたちの母。
紗雪《さゆき》	雪櫻の下仕え。美少女。
ゆきんこ	雪櫻の娘。あわいのゆきんこちゃんたちと違い、銀色のおかっぱ頭。

こぎつね、わらわら

稲荷《いなり》神《がみ》のあったか飯《めし》

Inarigami no attaka meshi

そこは、真っ暗で、冷気に満たされていた。

様々に積まれている荷物の影で、銀色のおかっぱ髪の少女たちが、心細さを慰《なぐさ》め合うようにぎゅっと身を寄せ合っていた。

――おかあさまに、あいたい。

――おかあさまのところに、かえりたい。

泣きたい気持ちでいっぱいで、実際に何度も泣いて。

けれど、どうしていいのか分からない。

もうどのくらい、ここにこうしているのかも分からない。

その時、部屋のドアが開き、同時に電気が点く。

開いたドアから、温かな空気が流れ込んでくるのと同時に、人が入ってきた。

「えーっと、バニラアイス、バニラアイス……」

何か言いながら探し物をして、彼女たちがいる近くにやってくる。

見つかってしまうかもしれない。

ここから移動したほうがいいのかもしれない。

だが、怖くて体が動かない。

「おい、どこ探してんだよ。そっちじゃねえよ。反対側だ」

外から別の人の声がした。

「あ、すみません」
中の人が言って、彼女たちのいるところから遠ざかっていく。
「おお、あった、あった」
目当てのものが見つかったらしく、それを持ってその人は出ていく。
ガチャン、と音がして扉が閉まると、部屋の中は再び暗闇に包まれる。
人が出ていったことに彼女たちは安堵《あんど》する。
――よかった。
――うん、よかった。
そう囁《ささや》き合った後、
――はやく、おやまにかえりたい。
――みんなといっしょにかえりたい。
また、同じように繰り返す。

それは、寒い冬の日の、ある日のお話……。

一

「ああああ、今日も一日、よく頑張ったわ、アタシ！」

コップに注いだビールを一気に飲み干した、妙に色っぽい中性的な顔立ちに艶《つや》やかな黒髪をした常連客のサラリーマン——口調がアレだが、れっきとした男だ——が言って、そのまま二杯目をコップに注ぐ。

「俺も今日一日、超頑張った！」

その隣に座した明るい髪色の爽やかな様子の常連サラリーマンもそう言って、本日の突き出しであるタコワサを口にして、

「あー、おいしすぎるー！」

と舌鼓《したつづみ》を打つ。

「仕事終わりの一杯は、いつ飲んでもいいもんだな」

そう返すのは、平安《へいあん》時代の狩衣《かりぎぬ》にも似た衣装を着てクリーム色の髪をした、線の細い美系男子である。

「いいなぁ。僕はこの後、深夜勤務だから飲めないんだよね」

三人の様子に羨《うらや》ましそうなのは、オネエ言葉のサラリーマンとはまた違う艶っぽさを持つ美男子である。

着ているものが線の細い美系と同じく狩衣に似た衣装でなければ、「ホストかな」と思ってしまいそうな色気がある。

「私も今夜は冬雪《とうせつ》殿と同じく、ですね」

一番奥まった場所で急須《きゅうす》からお茶を注ぎながら言う男性は、一番落ち着きがある、正統派イケメンで、つまるところ、集まっているのは全員がそれぞれ趣《おもむき》が違うとはいえ、イケメン集団だった。

「じゃあ、冬雪さんと景仙《けいぜん》さんは、ちょっとガッツリ系のメニュー出したほうがいいですか？」

そう聞くのは、この居酒屋の店主である加ノ原秀尚《かのはらひでひさ》である。

いや、居酒屋ではない。

ここは加ノ屋《かのや》という、京都《きょうと》市外の、とある山の中腹というよりは下、麓《ふもと》よりはやや上という微妙な場所にある食事処の厨房だった。

加ノ屋の日中営業後、秀尚が翌日の仕込みをする厨房に常連客たちが訪れ、居酒屋状態になったのが始まりだ。

とはいえ、この居酒屋の常連客は人ではない。

全員が、稲荷神《いなりがみ》——正確には稲荷神の神使《しんし》のお狐様らしい——だった。

なぜ、閉店後の厨房に稲荷神たちがやってきて楽しくお酒を飲んでいるような事態が起きているのかと言えば、それはまだ秀尚がこの店を開く前、ホテルの厨房で働いていた頃にさかのぼる。

職場トラブルで、しばらく休暇をもらった秀尚は寺社仏閣巡りをしていた。

そして、この加ノ屋のある山の山頂付近にある神社に参拝に行く途中で遭難してしまったのだ。

雨の降る中、足をくじいて身動きができず、そのまま意識を失い——目が覚めるとそこは、「あわい」と呼ばれる、人界と神界の狭間にある場所だった。

そこには稲荷神の候補生となる仔狐たちが集《つど》う「萌芽《ほうが》の館《やかた》」と呼ばれる養育所があり、秀尚はしばらくの間そこに厄介になりながら、彼らの食事の世話をしていた。

その時の縁で、こうして無事、人界に戻ってからも大人稲荷たちがやってきていて、なおかつ仔狐たちへの食事の提供も引き続き行っている。

それも、無料で。

いや、彼らへの食事の提供は「供物《くもつ》」だ。

その分、秀尚は彼らからの加護を得ている。

店の立地は決していいわけではない。

秀尚はここを気に入っているが、幹線道路から外れた山の中にあり、ふらりと立ち寄るというよりも、わざわざ来なければならない場所で営業時間も朝十時半から夕方五時までと長いとは言えない。

にもかかわらず、店は繁盛している。

それも秀尚一人で切り盛りするのに、忙しすぎず暇でもないという絶妙にいい感じの繁盛具合なのだ。

秀尚ももちろん、メニューの研究は怠《おこた》らないし、日々努力はしている。

だが、彼らの力添えがなければここまで順調にはいかなかっただろうと感謝をしている。

その感謝を示すのが食事の提供だと思っているが、とはいえ、彼らとの関係はさほど堅苦しいものではない。

「ガッツリ系のメニュー、心惹かれるね。頼もうかな」

ホスト系稲荷の冬雪が言い、

「嬉しいですが、加ノ原殿の負担では？」

もう一人の落ち着き系イケメン稲荷景仙が気遣ってくれる。

「大丈夫ですよ。酒飲みチームの野菜を増やして対応するんで」

秀尚が笑って言うと、

「おいおい、一日の仕事を終えた俺たちも肉を欲《ほっ》してるぞ?」

線の細い稲荷の陽炎《かぎろい》が即座に返してくる。

「帰ったら寝るだけなんですから、そんな高カロリーのものは必要ないです」

「そうなのよねー、帰ったら寝るだけなんだけど、夜の高カロリー系って背徳っていうスパイスも手伝って、魅力的なのよね」

ため息交じりに言うのはオネエ稲荷の時雨《しぐれ》である。そして、

「ていうか陽炎殿、一番飲み食いしてんのに、ぜんぜん太らないよね? ある意味すごくコスパ悪い」

明るく笑うのはこの中で一番若手の稲荷である濱旭《はまあさひ》だ。

若手といっても、百五十歳はカタく、普通の人間である秀尚からすれば超年上である。

「そうなんだよね。陽炎殿、昔っから食べても全然太らないんだよね。もしかして、お腹に虫でもいるのかな?」

おいしいものは食べたいが太る、と気にしている冬雪が、疑惑の眼差《まなざ》しを陽炎に向ける。

「さすがにそれはないだろう。失敬だな」

そう言いながら陽炎は笑っている。

「あー、でも有名なオペラ歌手が痩《や》せた理由が寄生虫だったって噂《うわさ》があったわよね。真偽のほどは分からないけど、確かにすごく痩せたもの」

時雨の言葉に、他の稲荷たちは「壮絶」と呟く。

「女子は体重が一キロ増えただけで大騒ぎよ。でも、コンビニに行けば魅惑の商品の群れなのよねぇ」

悩ましげに言う時雨に、

「クリスマスからお正月、それで来月にはバレンタインでチョコレートっていう食の祭典みたいな流れだもんね！」

納得したように濱旭が言う。その言葉に頷いてから、時雨は秀尚を見た。

「そういえば秀《ひで》ちゃん、今年はお正月休み取らないの？」

毎年、加ノ屋は正月も休まずに営業している。

今年もそうだった。理由は、さすがに年末年始は山の上の神社に参拝する客が増えるからだ。

その代わり一月下旬に遅い正月休みを取ることが多い。その間は、居酒屋も休みにすることがほとんどだ。

そもそも、この正月休みだけは、里帰りで留守にすることもある。

「あー、今年は二月に取ろうと思ってます」

「二月に？　何か予定があるのか？」

陽炎が問う。

んです」

「専門学校時代の友達が結婚するんですよ。その結婚式に呼ばれてるんですけど、東北《とうほく》な
「冬の東北って、雪がすごいわよ」

時雨がやや心配そうに言う。

「ええ。だからついでに、その友達に、スキーでも楽しんでいけばって言われて、雰囲気のいいコンドミニアムを紹介されたんですよね。知り合いの人がやってるところで、友達割引価格にしてくれるっていうんで、久しぶりにちょっとゆっくりしてこようかと思ってます」

「ってことは、その間は店も休みになっちゃうんだよね？」

確認するように濱旭が問う。

「そうですね、すみません」

謝る秀尚に、濱旭は慌てて頭を横に振る。

「謝んないでよ、おめでたいことで出かけるんだし」

「そうよ？　それに秀ちゃんだって、たまには命の洗濯も必要だわ」

時雨も続けて言うのに、秀尚は、ありがとうございます、と返す。

確かに普段は休みらしい休みはない。

加ノ屋の定休日は毎週水曜日と、第一、第三火曜日だが、その日はあわいの地から萌芽

の館の子供たちが秀尚に会いに、遊びにやってくる。

もちろん彼らが来れば遊び相手をしなくてはならないし、ご飯作りもある。

それでも、疲れを感じないのは、彼らに癒《いや》されているからだと思うし、こうした夜の居酒屋（明日の仕込みも兼ねているが）にしても、客の彼らが稲荷という特別な存在だからかもしれないとも思っている。

「子供たちには、もう話してあるのか？」

陽炎が問う。

「薄緋《うすあけ》さんには話してあるんですけど、子供たちには明日、俺から直接伝えようと思ってて……。それで、俺がいない間の子供たちのご飯なんですけど、皆さんにお弁当とか買ってもらうことになるんです。お手数をおかけしますけどお願いします」

秀尚が言って頭を下げる。

「加ノ原くん、そんなふうに改まらないでよ。そりゃ、一応はこの店を繁盛させるっていう約束もあって、僕たちや子供たちの食事を提供してもらってるわけだけど、充分すぎるくらいにしてくれてるんだから」

冬雪が言うのに、濱旭も頷く。

「そうだよ、大将《たいしょう》。大将もたまにはちゃんと休まないとだし」

「ありがとうございます」

秀尚は礼を言う。

子供たちの食事作りや、この時間帯の居酒屋は、約束したからというような義務感でしているわけではない。

料理を作るのは好きだし、天職だと思っているから苦でもない。

やってくる子供たちが奇声を発して大暴れするようなら疲れもするだろうが、いい子たちばかりだ。

こうして居酒屋に集う稲荷たちも、時々酔っ払って意味不明なことをやりだしたりはするが、基本的には陽気に酒を飲むだけで無害だし、秀尚も付き合いがそこそこ長いこともあって、相手がお稲荷様だとは思っていても、気軽に喋《しゃべ》ることのできる友達――とまで言うのは罰当たりかもしれないが――そんな気分で付き合っている。

「でも東北のあたりって保存食、いろいろ豊富よね。お漬物とか」

時雨の言葉に景仙が頷いた。

「雪深い地域は、冬の間用の保存食作りが盛《さか》んに行われていましたからね」

「いろいろ、買ってくるつもりですよ。店の定食に期間限定で添えてみようかなと思ったりしてます」

秀尚が言うと、

「アタシたちにおこぼれは？」

にっこり笑って時雨が言う。

「もちろん、ここでも出しますし、お土産《みやげ》にも買ってきますから」

「あ、俺、個人用へのお土産っていうより、ここに置いてくれてたらそれでいいかなー。家でご飯食べることってほとんどないんだよね。だいたい、大将のとこで食べさせてもらっちゃうから」

濱旭が言う。

「それもそうね。アタシも、冷蔵庫の中に入ってるのってお酒と炭酸水と、梅干しくらいだわ」

納得した様子で言う時雨に、

「むしろ、梅干《かし》しが異質だろう。なぜそれだけあるんだ?」

陽炎が首を傾げる。

「焼酎《しょうちゅう》の梅割り用とか?」

冬雪が思いつくまま言うのに、

「ああ、それなら分かる」

陽炎は納得するが、

「ここで散々飲んで家でまで梅割り飲まないわよ。冷蔵庫のお酒も、会社の女子とオンラインン飲み会する時用に置いてるだけよ」

時雨は苦笑いしながら返す。

「ならその梅干しは？」

陽炎が問う。

「二日酔いの時のためのものよ。まあ、今はほとんど出番はないんだけど、ちょっと飲みすぎたわって翌日、お茶の中で潰《つぶ》して飲むのよ。ほどよくすっきりしていいわよ」

「時雨殿らしい返事で安心した」

「どういう意味よ」

「『会社に持っていく弁当の具材』って言われたら、とうとう本気で女子力を磨《みが》き始めて嫁を取るより嫁に行くつもりになったかと思うところだ」

陽炎が笑う。

「嫁取りは諦めてないわよ。でも、料理上手な男子って需要高いわね」

時雨が言う。

「え、そうなのかい？」

冬雪がやや腰を浮かせる。

「ええ。結婚しても仕事を続ける女子って多いし、そうなれば『家のことは奥さん任せ』なんて男子より、『家事も分担できる男子』のほうが条件はいいわよね。専業主婦になっても赤ちゃんが生まれれば、赤ちゃんにかかりきりになるのは分かってるじゃない？　それなのに踏ん反り返って『俺の飯は？』なんて言っちゃうようだと、ちょっとねぇ？　ってところあるみたいよ」

　女子会に参加する男子・時雨の持ち込む生情報は貴重である。

「ましてや女子稲荷は激務の『社畜《しゃちく》の宮《みや》』勤務になることが多いんだもの。香耀《かよう》殿は仕事から戻ったらぐったりって感じじゃない？」

　時雨は話を景仙に振る。

　この中で唯一の妻帯者である景仙の妻は、七尾以上のエリート稲荷で構成される別宮《べつみや》に勤務している稲荷である。

　別宮は激務であることでも知られ、そこから、『虎《とら》の穴《あな》』（狐なのに）だの、社畜の宮だのとあまりありがたくない二つ名でも知られている。

「ぐったりというほどではありませんが……疲れて戻ることは多いですね」

「でしょ？　そんな奥さんに、せめてお茶を淹《い》れてあげるくらいの優しさはないとねぇ」

　時雨の言葉に、

「まずはうまい茶の淹れ方を極めるか……」

　腕組みをして、真剣な顔で陽炎は言う。

「お茶って言っても、種類は多いからね。女の子が好きそうな種類に的《まと》を絞ったほうがいいんじゃないかな」

同じく真剣な顔で冬雪が言う。

「冬雪殿の意見に賛成。一口にお茶って言っても、日本茶、紅茶、中国茶、ハーブティー、そこにコーヒーまで入れたら大変なことになっちゃうもの」

指折り数える時雨に、

「あ、俺、いいこと考えた！　一人一種類ずつ詳しくなるのってどう？　俺、時雨殿、陽炎殿、冬雪殿、大将のちょうど五人で五種類いけるじゃん！」

名案！　とばかりに濱旭は言う。

「お、それはいいな」

陽炎が即座に乗ろうとするが、

「待ってください、何で俺なんですか」

秀尚がとりあえずいきなりメンバーにぶっ込まれたことについて問う。

しかしそれに対する濱旭の返事は、

「今日のメンバーだと、景仙殿は結婚してるし、独身で五人ってなったら大将入れるしかないじゃん」

非常に分かりやすく、あっさりしたものだった。

「確かに独身ですけど……」

「でも、秀ちゃんの場合、食に関するモテ要素はすでにフルマークだから、いっそ秀ちゃんに『モテお茶講座』やってもらったほうがいいかもしれないわ」

時雨が提案してくる。

「モテを意識するなら、やっぱりコーヒーよりは紅茶か？」

目を輝かせて問うのは陽炎だ。

「意外とコーヒー好きな女の子も多い気がするよ。カフェオレとか甘い系もあるし」

濱旭が言うのに、

「でも、日本茶は基本だよね」

冬雪が悩ましげな様子を見せ、

「女子的にはノンカフェインのハーブティーも外せないわ」

同じく時雨も悩ましげな表情を浮かべる。

イケメン揃いの彼らをもってすれば恋愛の一つや二つ容易そうに思えるのだが、いかんともしがたい問題が彼らの前には立ちはだかっていた。

それは、稲荷界女子少なすぎ問題である。

女子で人の姿に変化《へんげ》できるレベルの稲荷の数は全稲荷の一割いるかどうか、というところらしい。

その代わりと言っていいのかどうかは分からないが、変化《へんげ》できる力を持つ女子稲荷は内包する力が大きく、七尾以上が確定しているという。

その一割を、九割の男子稲荷が狙《ねら》う状況なのである。

女子稲荷を妻にしている景仙は、たとえそれが幼馴染みだったとしても、レアケースの男子稲荷である。

その景仙は穏やかに微笑みつつ、先程からマイペースで配膳台に出されている料理——揚げ春巻きとベーコンとキャベツの炒め物を口に運んでいる。

元々、口数の多くない景仙だが、この手の話題の時は特に無口だ。

妻帯者である自分が口を挟むと面倒なことになる——独身組とて大人なので嫌な絡み方はしないが、最終的に、

『いいよな、幼馴染みとそのままスルッと結婚できた勝ち組は』

くらいの恨み節の後、全員が軽く落ち込む流れになるからだ。

それが分かっているので、景仙はとりあえず食べている。

その様子を見ている視線に気づいたのか、景仙はふっと秀尚を見ると苦笑する。秀尚は軽く頷いてから、

「さて、話を戻しますが、この後仕事に戻る冬雪さん、冷蔵庫に豚バラ肉がありますが、どうします？　ミルフィーユとんかつにするのもありですし、ナスがあるので肉多めの麻婆《マーボー》ナスにするのもありです」

この後の料理に話を戻す。

もちろん、豚肉を使った料理は他にもたくさんあるのだが、頭に浮かんだものを具体的に挙げる。

「うわ、どうしよう。悩ましいね。景仙殿、どうする？」

冬雪は景仙を立てるが、聞かれていない陽炎が、

「俺はとんかつだな」

と真っ先に答え、

「野菜もとらなきゃダメよ。アタシは麻婆ナスを推《お》すわ」

時雨が返す。

「俺はどっちでもいいよー。どっちもご飯進みそうだし」

そう言うのは、ご飯大好きの濱旭である。

こうして今夜も和《なご》やかに居酒屋時間は過ぎていくのだった。

◆◇◆

加ノ屋の二階は秀尚の住居スペースになっている。

その一室が秀尚がメインで使っている部屋なのだが、翌朝十時過ぎ、その部屋の押し入れの襖《ふすま》がスパァンと軽快に開くと同時に、

「かのさーん！」

「かのさん、おはようございます！」

立派な獣耳が生えた三歳から五歳くらいの子供たちがわらわらと飛び出してきた。

彼らが、あわいの地にある萌芽の館で育てられている稲荷候補の仔狐たちである。

「おはよう。みんな今日も元気だね」

秀尚が笑顔で出迎えると、みんな秀尚に一通り懐きにやってくる。そしてそれが落ち着くと、みんな大人しく、一旦こたつに集合する。

子供たちでみっしりになったこたつに落ち着くと、秀尚は準備していた卓上カレンダーを机の上に置いた。

「みんな、ちょっと話を聞いてくれるかな？」

そう声をかけると、子供たちはみんな秀尚に注目した。

「かのさん、なに？」

「おひるごはんのはなし？」

大体子供たちが来て最初に聞くのがその日の昼食メニューのことだからか、逆に聞いてきた。

「ご飯の話だけど、今日のお昼ご飯のことは、この後で聞くね。まず、このカレンダーを見てくれる？」

秀尚はカレンダーを指差し、それから二月の三週目を指差した。

「この日からこの日まで、俺、留守になるんだ」

留守、という言葉に子供たちは顔を見合わせる。

「るす」

「かのさん、おみせにいないんですか？」

そう聞いたのは双子狐の浅葱《あさぎ》と萌黄《もえぎ》だ。

「うん。だから、みんなのご飯の準備ができなくなるんだ。でも、その間のみんなのご飯は、大人の稲荷の人たちがお弁当とか買ってきてくれることになってるから、安心して」

と、説明する。

基本、大人稲荷たちは食事を必要としない。彼らは『気』を食べるだけで生活できるのだ。

それでも食べないというわけではなく、活力の底上げのためだったり、楽しみのためだったり、理由は様々だが機会があれば食べるという者がほとんどだ。

そのため、神界にある稲荷神の本宮《ほんぐう》には立派な厨《くりや》があり、そこでは専属の稲荷が腕を振るっているらしい。

もちろん、子供たちの住む萌芽の館にも立派な厨があるのだが、調理できる者がいない。

正確に言えば、子供たちの料理を、大人の稲荷が作ることができないのだ。

大人の稲荷が作る料理には『神気《しんき》』が含まれ、それを子供たちが毎日摂取することは好ましくないため、厨は基本的に「お湯を沸かす」レベルのことにしか使われていなかった。

そのため、普通の人間である秀尚が子供たちの食事作りをしているのである。

「おるす、ながいね」

秀尚の説明を聞いて呟いたのは、豊峯《とよみね》という子供だ。その言葉に萌黄が頷き、

「かのさんとあえないと、さみしいです……」

しゅんとして俯《うつむ》いてしまう。

「ごめんな、萌黄」

謝りながら萌黄の頭を撫《な》でてやっていると、

「どうして、おるすなの？」

「どこにいくの？」

鈴を転がすような声で、十重《とえ》と二十重《はたえ》という双子の姉妹が聞いてきた。

「あー、結婚式なんだ」

秀尚の言葉に、

「けっこんしき！」

「かのさん、けっこんするの？」

実藤《さねふじ》という子供と、実藤の足の上にちょこんと座っている仔狐姿のままの経寿《つねひさ》が驚いた様子で聞いた。

もちろん、他の子供たちも「ええー！」と一様に驚く。

「違う、違う。俺が結婚するんじゃなくて、俺の友達が結婚するんだ。それで、お祝いに行くんだけど、ちょっと遠いところに住んでる友達だから、留守になっちゃうんだ」

説明するとほとんどの子供たちは納得したように頷いたが、

「けっこんしき……およめさん、きれいだよね」

「どれす、きるのかな。それとも、おきものきるのかな」

双子姉妹はうっとりする。

幼くとも女子。結婚式という言葉は魅惑的らしい。主《おも》に「綺麗な服を着る」という方向で、だろうが。

現に他の子供たち——すべて男子——は、

「けっこんしきって、おおきなけーきがあるんでしょ？」

目を輝かせて殊尋《ことひろ》という子供が言えば、

「しってる！『とう』みたいなまっしろのけーき！」

豊峯の膝の上にちょこんと座っていた、仔狐姿のままの稀永《まれなが》が言う。

「ああ、ウェディングケーキだな」

言ってから、あれは入刀する部分以外は作りものだと伝えようか一瞬悩んでやめる。

空の雲がわたあめではないと知った時の寂しさを思い出したからだ。

事実を知るのは、もう少し先でいいし、聞かれてもいないのにわざわざ言わなくてもいいだろう。

「まっしろのより、いちごがいっぱいのけーきのほうがいい！」

「ぼくは、くりのけーきがいいです」

「ぼく、くだものがいっぱいの！」

「けーきもいいけど、ぱいもたべたい」

「ぷりんは？　ぷりんららもーどとか！」

それに、あっという間に子供たちの興味は「ウェディングケーキ」から「普通のケーキ」を経《へ》て、ただのスイーツへと移っていた。

「じゃあ、今日のおやつはプリンにしよう」

秀尚が言うと、子供たちの目が輝く。

「おおきいのがいい」

「なまくりーむのせたいー」

リクエストに頷きながら、

「おやつの前にお昼ご飯のリクエストを聞こうかな。今日は何にする？」

昼食のメニュー決めに入る。

何にする？　と一応聞くが、子供たちが加ノ屋に遊びに来た時の昼食は「うどんかそば」と決まっている。

単純に「何の」うどんかそばにするか決めるのだ。

「ぼく、やきうどん！」

「あ、ぼくも！」

「わたし、てんぷらのおそばがいい」

「ぼくはてんぷらのおうどん。えびのてんぷら！」

今日はすんなり、焼うどんと、天ぷらうどん（そばに変更可能）と決まった。

少しの間、子供たちに絵本を読んだり相手をしてから、秀尚は昼食の仕込みのために一階の厨房に下りた。

「焼うどんが五で、天ぷらうどん三、そば二、と」

自分の分を入れて準備をしながら、お茶碗に小さく一杯分のご飯を鍋に入れ、うどん出汁《だし》で煮込み始める。

焼うどんに使う具材の野菜をもう少し小さく刻んでその鍋に入れ、雑炊《ぞうすい》の準備だ。

それは寿々《すず》という赤ちゃん狐のための食事である。

以前は、変化《へんげ》できたりできなかったりムラはあるものの、赤ちゃんというほど小さくはなかった寿々だが、ちょっとしたトラブルに見舞われて、赤ちゃんになってしまい、現在二度目の赤ちゃん期を過ごしている。

元々、子供たちの中では一番幼く、みんなの可愛い末っ子として愛されていた寿々だが、赤ちゃんになってからは、その溺愛度は深まっている。

とにかく、何をしても可愛い。

そもそも子供たちは全員何をしていても可愛い。その可愛い子供たちから見ても、さらに幼い寿々は可愛いらしい。

そんな寿々に、以前はみんなと同じようにうどん――柔らかく煮込んで短めに切ったもの――を出していたこともあるのだが、寿々は食べるのが下手だ。

器からうどんにしょっちゅう逃げられるため、少し前から寿々には雑炊を準備することにした。

もしうどんを食べたがれば、秀尚のうどんを分けてやるので問題はない。

準備が整い、秀尚は階下から子供たちに声をかけた。

「みんなー、ご飯の準備ができたから下りてきてー」

すると、「はーい」と声が聞こえてきて、すぐに秀尚の部屋の襖が開く音がした。そして子供たちが階段上に姿を見せ、順に下りてきた――のだが。

「……十重ちゃん、二十重ちゃん、それは、何？」

最後に下りてきた双子姉妹は、それぞれ頭に風呂敷――よく見かける紫と紅色の薄いものだ――を被っていた。

「とえもはたえも、およめさんなの」

「だから、べーるかぶるの」

ねー、と双子は顔を見合わせてにっこり笑う。

おそらく、秀尚が調理で下にいる間に萌芽の館に戻り、薄緋に頼んで借りてきたのだろう。

畳み皺《じわ》があるし、ベールというには色もキツイが二人は満足そうである。

「そっか、お嫁さんなのか」

女の子のごっこ遊びに突っ込みは不要である。

それに可愛いので、秀尚はさらりと流すことにした。

二人は歩くたびに頭からズレそうになる風呂敷を手で押さえながら、昼食が準備されている加ノ屋の店のほうへと向かう。

畳席で勢揃いすると、萌黄のスリングから寿々を出してやり、秀尚の隣に置いた雑炊で食事タイムだ。

みんなで手を揃えて「いただきます」をした後、食べ始めたのだが、

「おちてきちゃう」

「じゃま！」

十重と二十重の二人は食べているうちにズレて落ちる風呂敷にさっさと見切りをつけると、頭から外して横に置き、食べることに集中する。

まだまだ色気より食い気なんだなぁ、と思いながら秀尚もうどんを食べた。

◆◇◆

「そういえば、結婚式って平日にするんだね」

結婚式前最後の居酒屋にやってきて、思い出したように聞いたのは冬雪だ。

「ええ、そうなんです。新郎は自営業なんで、土曜、日曜は店が忙しくて休みにできないし、他の参列客も飲食関係が多いんで、土日祝はかき入れ時でできれば休みたくないっていうか、それで」

今日は日曜。明日の月曜から一週間、秀尚は店を休む予定だ。

「じゃあ、明日、前乗りして、火曜日が結婚式？」

日程を確認してくる時雨に頷く。

「そうです」

「じゃあ、到着した夜はバチェラーパーティーかしら？」

時雨が返してきた単語に、秀尚は首を傾げる。

「バチェラーパーティーってなんですか？」

「俺も初めて聞く言葉だな」

陽炎が言い、冬雪、景仙も頷いた。

濱旭だけは、

「バチェラーってドラマっていうか、ドラマ仕立てのリアリティショーみたいなので聞くよね」

うっすら知っているようだ。

「バチェラーって言葉にはいろんな意味があるんだけど、バチェラーパーティーっていうのは、結婚式前夜に新郎の独身最後の日を男友達みんなで楽しく過ごそうってパーティーのことよ」

その言葉に納得する。

「そうなるかもしれません。まあ、同級生が久しぶりに集まるから同窓会って感じになると思うんですけど」

秀尚が言うと時雨は頷いた。

「そのくらいの感じのほうがいいわ。時々、ハメを外して式当日が大惨事《だいさんじ》、なんてこともあるみたいだし」

「大惨事って……何があるんだ？」

陽炎が興味津々《しんしん》といった様子で問う。

「まあ、一番聞くのは、新郎が前夜に飲みすぎて二日酔いっていうものね」

「いやいや、それだと大惨事じゃないだろう」

すぐに陽炎が突っ込む。

「日本《にほん》だとどうか分かんないけど、海外ドラマなんかだと、独身最後の夜に弾《はじ》けちゃって、夜のお店に行ったのがバレて新婦さんと式の朝から大ゲンカ、とか？」

「……それは、なかなかの修羅場だな」

「そのまま式が中止ってこともあるし、式だけはやるけど、結局そのまま別れちゃうってことに発展したりするみたい」

時雨の言葉に全員が「うわ……」という顔をする。

「まあ、秀ちゃんの感じからするとお友達もそんなに悪ノリして弾けちゃうような人たちじゃないだろうし、旧交を深め合って、お嫁さんとの惚気話《のろけ》でも聞いて、独身組はやけ酒飲めばいいんじゃないかしら？」

にっこり笑って時雨は言うが、独身組はやけ酒、のあたりで目が真剣だったような気がするが深く考えないことにした。

「そうですね、ほどほどに楽しみます」

「で。バチェラーパーティーの翌日が結婚式で、その後、ホテルでもう一泊？　それともすぐコンドミニアムなの？」

「結婚式の後すぐにコンドミニアムに移動です。そこでゆっくり三泊して金曜にこっち帰ってくる感じですね。土曜日は一日ゆっくりさせてもらって、日曜日にいろいろ仕込みをして——だから来週の日曜の夜から試運転がてら、居酒屋開きますよ」

秀尚が言うと、

「え！　大将、マジで？」

時雨の隣にいた濱旭が目を輝かせる。

「はい。どうせいろいろ仕込みもありますし」

「でも一週間かぁ、長いなぁ」

「しばらくは外食かコンビニ弁当ね」

濱旭と時雨はそう言って小さく息を吐く。

「っていうか、ここで食べるのも外食じゃないのか？」

即座に突っ込むのは陽炎だ。

「いいのよ、ここは第二の我が家みたいなものだから」

時雨が言うと濱旭も頷く。

「なんならここで暮らしたいレベルだよね！」

そんな二人の言葉に、笑いながら、

「それだけくつろいでもらえてるってことは、ありがたいです」

秀尚は返す。

親しく口をきいていても、彼らは稲荷神だ。

自分の言動を不遜に思って気を悪くしていないかと考えたこともあるが、変にへりくだるのも、それはそれで失礼な気がするので、「素の自分」をできるだけ崩《くず》さないようにしている。

それでも、彼らに対して「嘘はつかない」、それだけは決めている。

話したくない時は、話したくないと言えば、彼らは無理に聞き出そうとはしないから、嘘で自分を守る必要はないし、嘘はすぐに見抜かれる気がする。

そんな彼らが、ここを少しでも気に入ってくれているのなら、それは喜ぶべきことでしかない。

とはいえ、無茶ぶりは断固拒否したい所存な秀尚だ。

休み前最後の居酒屋ということで、今日のメニューは冷蔵庫の大掃除《おおそうじ》を兼ねて、ジャンルがバラバラな料理が、少量ずつ並んでいた。

いつもは全員が一度はおかわりできるくらいの量で作るのだが、今日は一回で食べきりの量のものが多い。

今、配膳台に乗っているのはポテトサラダを詰めた揚げ餃子《ぎょうざ》と鶏のモツ煮とどん平焼きで、準備中なのがラタトゥイユの残りのアレンジと、使い切ってしまいたい卵を使った茶碗蒸しである。

困った時はカレーかグラタン。

それが秀尚が居酒屋を始めてから覚えた技だ。

もっともカレーライスとなると酒のつまみには不適当で——ご飯ものが大好きな濱旭は喜んでくれるが——滅多《めった》に出番がないので、「カレー煮込み」になるわけだが。

「でも同級生が結婚ってことは、そろそろ秀ちゃんも、そういう話があってもおかしくないってことよねぇ？」

揚げ餃子を口に運びながら時雨が言う。

「うーん…個人的にはまだ早いかなーって思ってるんですけど。今度集まる同級生の中でも結婚してるのはまだ一人で、今回でやっと二人目ですから」

秀尚が答えると、

「まだ早い、なんて言ってると、あっという間に五年、十年は過ぎちまうぞ？」

笑いながら陽炎は言う。

「あー、確かに、昔に比べて一年が早いような気はします」

「それだけ充実した日々を過ごしておいでだということでもありますよ」

穏やかに微笑んで景仙は言う。

こういう景仙の穏やかな包容力がモテポイントなんだろうなと秀尚はこっそり思う。

「大将なら、お店のお客さんとの出会いとかありそうなんだけどなぁ」

濱旭が言う。

「確かにそうよね。繁華街にあるお店なら利便性で選ぶけど、このお店は『ここ目当て!』じゃないと来ないもの。その目当てが秀ちゃんってこともあり得るわ」

時雨があり得そうなパターンを口にするが、秀尚は苦笑した。

「残念ながら、今のところ、そういう感じはないですね。若い女性客っていうとグループで盛り上がる系と、カップルが多いですし」

「でも、このお店、リピーターのお客さん多いよね? その中に若いお嬢さんだっているんじゃないの?」

冬雪が掘り下げてくるが、秀尚は頭を横に振る。

「純粋に料理を気に入って来てくれてるって感じですね。季節ごとにメニュー変えるじゃないですか? その切り替えの大体の時期を聞いてくれるお客さんは何人か……」

料理を気に入って来てくれるというのは、料理人冥利《みょうり》に尽きるわけで、非常にありがたいし嬉しい。

なので、それを恋愛に繋げる方向で見たことはなかった。

「いや、でも、ちょっと落ち着いて考えよう」

その中、陽炎が恋愛談議に一旦、待ったをかける。

それに全員が陽炎を注目する。その中、陽炎は言葉を続けた。

「いいか？　加ノ原殿に恋人ができたと仮定して、相手が普通に土日が休みの仕事をしているとする。その場合、月に一度は加ノ屋の休みは彼女が有休を取ってデート、なんてことになる可能性がある」

「まあ、あるわよね。うちの会社、月に一度は絶対有休取れって言うもの」

時雨が言えば、濱旭も「うちもー」と同意する。

「デートの夜は当然、居酒屋は休みだ」

陽炎の言葉に、

「「「あ……」」」

冬雪、時雨、濱旭の三人が声を漏らす。

景仙も「あ」という顔をしたが、声を出さなかったのはさすがの理性といったところだろうか。

「でも、月に一度くらいのデートは楽しむべきだよ」

冬雪が理解を示し、時雨と濱旭も頷く。

しかし、陽炎の攻撃は止まらなかった。

「月に一度？　甘いぞ。土日が休みってことは、週末の閉店後、彼女が遊びに来るって可能性も高くなるし、加ノ原殿が彼女のところに遊びに行くってことも増えるだろう」

「そうなったら、週末、居酒屋なくなるってことになるじゃん！」

濱旭が言うのに、

「土日だけじゃなくて、ヘタしたら金曜の夜も、よ？」

時雨が続ける。

「月曜から木曜までの四日、その四日も月に一度は三日になるかもしれん……」

配膳台の上で両肘を立てて指を組み、そこに軽く額を押し当て、いかにも深く悩んでいます、というポーズを取ってから陽炎は顔を上げた。

「加ノ原殿の嫁は、俺たちやあわいの子たちに関しても理解がなければと思うが、みんなはどう思う？」

「同意するよ」

即座に冬雪が真面目な顔で言い、

「確かにそうね。だって結婚なんてことになったら、ここで一緒に暮らすかもしれないでしょう？　理解のない子だったら、居酒屋そのものがなくなっちゃうなんてことになるかもしれないのよ？」

時雨が続ける。それに少し重くなった空気を打破したのは、

「あ、だったら、一緒にここで飲んで、楽しんでくれるような人に来てもらえばいいじゃん！」

濱旭のものすごい勢いでの願望ド直球な言葉だった。

「あ、それいいな。よし、採用」

すぐさま陽炎が言い、

「加ノ原くん、そういう相手を選んでもらえるかな？」

冬雪がこともなげに続けてくる。

「まあ、そうですね。心に留めてはおきます……」

無難な言葉でまとめた後、

「そうおっしゃる皆さんは、その後、どうなんですか？」

秀尚は彼らの恋愛事情に話を振ってみた。

数少ない女子稲荷と、彼らは一応連絡先を交換し合っている。

激務で知られる別宮の女子稲荷たちなのでなかなかデートにまでは漕《こ》ぎつけないかもしれないが、連絡先を知っているのだから、ちょっとしたやりとりみたいなもので進展して

いないかな、とうっすら期待しているのだが、

「うまくいっていたら、ほぼ毎晩、こうしてここに顔を出してないだろう？　そのあたりは察してくれ」

苦笑いして陽炎は言い、他の独身稲荷三名も頷く。

――みんなイケメンだし、個性的だけど優しいし、普通だったら女の子たちが飛びつきそうな人たちなんだけどなぁ……。

秀尚が知っている稲荷神はさほど多いわけではない――稲荷の総数に対してだが――が、他の稲荷たちも彼らのようにイケメン揃いなのだろう。

――ライバルが多いって、大変なんだなぁ。

秀尚がそう思った時、オーブンがピーピーピーと音を立ててでき上がりを告げる。

「あ、次の料理できましたね。大皿なんで、ちょっと机の上、片してもらえますか」

新たな料理のでき上がりに、稲荷たちは慣れた様子で机の上の皿を寄せてスペースを作る。

できたてアツアツでまだぐつぐつといっている「ラタトゥイユの残りに冷蔵庫のベーコンやソーセージ、その他残り野菜を入れて蕩けるチーズをたっぷり多めにかけたグラタンもどき」を空いたスペースに載せると、

「これは……ビールだな」

「僕はハイボールにするよ」

「アタシ、ワイン開けちゃおうかしら。ミニボトル入れてたはずなのよね」

「俺もビール。景仙殿は？」

「私もビールをお願いします」

稲荷たちは一斉にアルコールの追加およびチェンジを始め、こうして、休み前最後の居酒屋はまだまだ宴《えん》もたけなわだった。

二

翌日の夕方、秀尚は東北のとある県のホテルの一室で荷解きをしていた。

——それにしても、この時季の東北の雪、ナメてたな、俺……。

新幹線から降りた時はまだ「おお、雪だな」程度の感じだったのだが、在来線に乗り換え車窓の風景を近くに感じた途端、すべてがほぼ白で覆《おお》われた光景には畏怖すら感じた。

そしてホテルの最寄《もよ》り駅からホテルまでの百メートルほどの距離ですら、歩くのに腰が引けまくりだった。

京都も雪が降らないわけではないし、加ノ屋があるのは山の中なので、ちらちらと雪は降るし、積もることもある。

とはいえ、加ノ屋付近では人の背丈に近いほどの雪が積もることなどない。

ここは市街地なのである程度は溶かされているが、それでも充分雪国の名に恥じぬ雪っぷりである。

——そりゃ、ウィンタースポーツできるくらいの雪が積もるんだから、冷静に考えりゃ市街地だって積もってるよな……。

そんなことを思っていると、秀尚の携帯電話がメッセージの着信を告げた。

確認すると、結婚式に出席する他の友人からだった。

『お待たせー、今、部屋に入った。十分後にロビー集合で』

そのメッセージに次々に、メッセージだのスタンプだので『了解』の返事がされる。秀尚も同じくスタンプを返し、荷解きもそこそこに部屋を出てロビーに向かった。

専門学校時代、秀尚たちは新郎の竹原《たけはら》を含めて六人でよく遊んでいた。

卒業後、竹原だけが実家の店を継ぐために故郷に戻り、あとの五人は東京《とうきょう》やその近郊のホテルやレストラン、料亭などに勤務していた。

東京組は冬でなければ当日入りでもなんとか大丈夫なのだが、この時季の交通機関は雪による遅延が発生する。

そのため、全員が前乗りしていた。

ロビーに行くと、見慣れた顔が集まっていた。

「秀《ひで》、こっち！」

秀尚が来たのに気づいて一人が手を振ってくる。

「久しぶり、みんな元気そう」

「おまえもな。っていうか、秀、本当に変わらねえな」

「いや、みんなも変わってないよ」

秀尚が言うが、すでに集まっていた三人が一斉に頭を横に振る。

「いやいや、今それなりに老《ふ》けたなって話してたんだって」

「腹のあたりに貫録《かんろく》出てきたしな」

「俺、招待状届いて二年前に着たスーツ出してきたら、ボタン閉まらなくなってて買い直した」

その言葉に、みんなをマジマジと見ると、確かに専門学校時代から比べればみんな大人びたというか、年齢を積み重ねた感はある。

とはいえ、秀尚も同じように年を取っているのだから、同じようなものじゃないのかなと思うのだが、

「それに比べておまえの変わらなさ具合……」

「悪魔に魂《たましい》を売ったのか？」

どうやら、違うらしい。

「んー、普段、あんまりストレスがないからかなぁ」

思い当たる理由を返した時、

「お待たせー！」

そう言って近づいてきたのは、最後にホテルに到着した同級生の中沢《なかざわ》だった。

だが、その変わりように全員が絶句した。

「……今日の大変身一番は、こいつだな」

一人が言うのに、全員頷く。

最後に来た友人は、最後に会った時の記憶から二十キロは増量していた。

「いい感じに脂《あぶら》が乗ってるだろ？」

本人も増量の自覚はあるらしく、笑って返してくる。

「じゃあ、揃ったし、飯食いに行くか。竹原も夕方に店閉めて合流するって言ってたから、今からだと乾杯してちょっとくらいしたら来るんじゃないかな」

その言葉で全員、ホテルを出て近くの居酒屋に移動した。

竹原からは店に着いてすぐ「あと二十分くらいで到着する」と連絡があったので、竹原の分の飲み物も注文して、先に乾杯をして近況などを話していると、当人がやってきた。

「よう、やってる？」

まるでしょっちゅう会っているような気軽さで個室の戸を開けてやってきた竹原も、ほとんど変わりがないように見えた。

「おー、久しぶり！」

みんなが歓迎すると、竹原は準備されていた場所に腰を下ろした。

「っていうか、中《なか》ちゃん、増量セールすごくない？」

真っ先に中沢の変化に突っ込む。

「いいパパっぷりだろ？」

中沢はこの中で唯一の妻帯者だ。諸事情があり結婚式は行っていないが、子供が一人いる。おそらくは奥さんに似ただろうと思われる可愛いお嬢さんである。

「パパ、貫禄ありすぎない？」

「マジ、それ。俺、今回、二年前のスーツが入らなくてヤバいって焦ったクチだけど、中ちゃん見て誤差だなって思えたし」

その言葉に全員が笑う。

「この貫禄で娘にモテモテだぞ？　俺が床に寝っ転がってたら、腹の上に乗っかってきて『あなた、だぁれ？』ってごっこ遊びが始まるからな？」

有名なアニメのシーンを再現しているらしい。

「それでおまえ、なんて答えるんだよ」

その問いに中沢は、

「パーパーロー」

声音を真似して言う。

「パパロって！」

思わぬ返事に爆笑が起きた。

「『あなた、ぱぱろっていうの？』って、娘ちゃん大喜びだぞ？　まあ、奥さんにはすぐに『パパロ、床に寝転ばないで、邪魔』って言われんだけどさ」

「うわ、塩《しお》い」

「結婚の現実を見たな……」

独身組から声が漏れる。

「竹原、俺から助言できるとしたら『察しろは通じない。言葉にして伝えろ』『伝える時はオブラートを二重にして』だな」

中沢のアドバイスに、竹原は、

「金言、いただきました」

わざと真面目な顔をして返す。

「うむ、苦しゅうない。さて、主役の登場だ、乾杯やり直すか」

中沢の言葉で、全員での乾杯をし、そこから再び和気藹々《わきあいあい》とした近況報告が始まる。

出世していたり、同業他社に転職していたり、それぞれに変化はあったが、中でも一番驚かれたのが秀尚だった。

「それにしても秀は思い切ったよな。ホテルの出世コースに乗ってたのに、辞めて自分で店持つとか」

「年賀状で『自分の店持つことにした！』って明るく報告された時は、俺もビビった。それも地元じゃなくて京都じゃん？　思い切りよすぎじゃねえ？」

その言葉に秀尚は笑う。

「運命的な出会いっていうの？　何かそれに突き動かされたっていうか」

職場でのトラブルのことはみんなには話していなかった。年賀状を書く時期にはもう『終わったこと』になっていたし、そもそも書く必要もなかった。

ただ、住所が変わることを伝えるついでに、ホテルを辞めて自分で店を始めることを伝えただけだった。

「でも順調そうじゃん。おまえの店の名前で検索かけたら、安くてうまくておしゃれっつって評判いいし、実際、アップされてる写真見たら確かにうまそうだしさ」

「むかつくことに、女子人気高《たけ》ぇ」

「むかつきポイントが酷い」

秀尚は笑って返しながら、携帯電話を操作して店の写真を見せる。

「店舗、ちょっと改装して今こんな感じになってる」

そのまま携帯電話が全員に回っていく。

「おお、レトロモダンっつーの？　昭和《しょうわ》テイストがいい感じにおしゃれになってる」

「ホテル時代の友達がセンスよくて、改装する時、元の雰囲気を壊さない程度におしゃれな感じにって言ったら、工務店の人といろいろ相談してやってくれた」

神原《かんばら》には本当に世話になっていると思う。

今でもよく来てくれるし、何かと差し入れもしてくれる。

——神原さんにはお土産奮発しなきゃな……。

そう思っていると、

「秀は、縁《えん》の巡り合わせがいいのかもな」

竹原が店の写真を見ながら言う。

「そうかな」

「だって、今の店を始めるのだって、たまたま閉店するって店に初めて入って、そこを継ぐ形で、だったろ？」

竹原の言葉に、転職した同級生が頷く。

「それに、前の職場の同僚って、転職当初はわりと仲良くつっーか連絡取り合ったりするけど、そのうち疎遠になって半年くらいで音沙汰《おとさた》なしって感じだぞ？　今も付き合いあるとか、秀がよっぽど気に入られてるか、相手が仏のような心を持ってるかだと思う」

「あー、後者だ。マジで仏みたいな人。なんか空気感が不思議」

秀尚は神原のことを思い出しながら言った。

ホテルで働いていた頃は職場では親しく話していたが、プライベートでまで付き合いがあるというわけではなかった。

ただ、秀尚が職場でのトラブルに巻き込まれた時、神原はたまたま海外にいて不在だった。そのトラブルをどうにかできるかもしれないキーパーソンだったのだが、彼が帰国した時には秀尚は職場からしばらく休むように言われていて——休暇を終えてホテルに復帰した時、秀尚はもう退職を心に決めていた。

それで神原は自分が日本にいれば秀尚がホテルを辞めることもなかったと、しばらく本当に悩んでくれていた。

それもあって、何かと気にかけてくれたのだと思うが、今は普通に友達付き合いをしていると思う。

「そういう人と出会えるって、運だから。前世で徳を積んだんじゃねえ?」

中沢がそう言って突然秀尚を拝《おが》み始める。

「いや、俺今、凡人《ぼんじん》だから。ちなみに出会い運に乗って全員が秀尚を拝み始めた。

そう言うと独身組はさっと拝むのをやめた。

「俺たちが拝むべきは中沢と竹原だったわ」

「だな」

「変わり身早すぎじゃない?」

秀尚は苦笑しつつ言うが、独身組は竹原に、

「なあ、奥さんとはどうやって知り合ったんだよ」

馴《な》れ初《そ》めを聞き出し始めた。

「飲食業組合のイベントで会った。彼女もよその店で働いてるから」

そのイベントで連絡先を交換したものの、しばらくはどちらからも連絡を取ったりはしなかったらしい。

「高校時代の先輩で不動産業やってる人がいて、再開発含めてコンドミニアムとか一連の建物一括で買い取って、俺もちょいちょい厨房設備のこととかで相談されて現地に行ってた。彼女はコンドミニアムの内装とか相談されてたみたいで、そこで再会して、それから先輩絡みで会うこと増えてって感じ」

「奥さん、飲食店で働いてるのに、内装の相談されたのか？」

「実家が内装業やってんだよ。仕事が休みの日とかちょいちょい手伝ってたみたい。先輩とは互いの親父《おやじ》さん同士が仕事で付き合いあるから、わりと前から知ってるって感じ？」

「先輩が奥さんのこと狙ってなくてよかったな」

中沢が言うのに、

「先輩、結婚してるし、初恋が歌手のマドンナで奥さんはオーストラリアの人」

竹原がさらりと答える。

「ああ、好みから外れてたのか」

「ちなみに先輩とこの子供がマジ天使」

竹原がそう言って携帯電話を操作し、噂の子供の写真を見せびらかす。

「おおおお、可愛い！」

「天使とはまさにこのことか」

騒ぎだす独身に、中沢が、

「うちの娘も可愛いっつーの、ほれ！」

対抗して自分も写真を見せ始める。

「浴衣は卑怯《ひきょう》だろ！　可愛すぎじゃねえか」

「おまえの遺伝子がサボってくれててよかった……」

言いながら中沢の携帯電話を秀尚に回してくる。

浴衣にヒラヒラの兵児帯《へこおび》を締めた幼女が、片手にりんご飴《あめ》を持って笑っていて、なんとも可愛く癒される写真だ。

「この子が『パパロ』って呼ぶんだ」

秀尚が少し前の話題を振り直すと、

「ちょ、忘れた頃にぶっ込んできたな」

「中沢パパロ。なんか歴史の教科書に載ってそうじゃん」

また笑いが起こり、それから中沢はずっと「パパロ」と呼ばれるようになった。

そんな、学生時代のノリを忘れないまま、時雨が懸念《けねん》したバチェラーパーティーは、さほど深酒になることもなく、和やかなうちにお開きになったのだった。

◆◇◆

翌日の披露宴は随所に笑いと感動が折り込まれたいい宴だった。終了予定は三時過ぎだったのだが式の時間が少し延びて、四時前になった。

同級生たちは予約していた新幹線の時間があるのでスーツ姿のまま慌ただしく帰っていった。

秀尚はホテルをチェックアウトしていて、式出席者の更衣のための部屋でスーツから平服に着替えた。

そしてコンドミニアムへの移動のために荷物を受け取りにフロントへ向かおうとすると、更衣室を出たところで、

「あ、秀！」

今日の主役だった竹原に声をかけられた。

「あ、竹《たけ》ちゃん」

軽く手を振りながら近づく。竹原の隣には背の高い、「チョイ悪」などという少し前に流《は》行《や》った言葉がしっくりくるような男がいた。

「ホント、遠いとこから来てくれてありがとうな」

「いや、こっちこそ、呼んでもらったおかげでみんなとも会えたし、式も、すごくよかった」

社交辞令ではなく返す。

「紹介すんね。えーっと、専門学校の時の友達で加ノ原くん。で、こっちの背の高いのが昨日話してた奥さんがオーストラリア人の津《つ》田《だ》さん」

竹原に分かりやすく紹介されて、すぐに誰か分かった。

「あ、天使の製造元」

うっかりそんなことを言ってしまったが、

「ん？　天使？」

津田は小さく首を傾げる。

「先輩のとこのお子さんです。昨日写真見せたんで」

竹原の言葉に津田は、

「加ノ原くん、だっけ？　非常にいい子だね」

いい笑顔で返してきた。どうやら子煩悩《こぼんのう》な人らしい。

「秀が今日から泊まるコンドミニアムって、先輩のとこのなんだ。そんで、先輩がこれからレストランの様子見にそっち方面に戻るっていうから、秀、乗せてってもらったらどうかなと思って」

「え、いいんですか？」

移動に関して調べてはきた。荷物があるのでタクシーが一番無難だが、金額がそれなりになりそうな距離なので、ギリギリまで公共交通機関を使ってその先をタクシーかな、と思っていたのだ。

「ここからだと、結構遠いからね。俺も帰るところだし」

快《こころよ》く笑顔で言ってくれる。

「ありがとうございます、お言葉に甘えます」

「加ノ原くん、荷物、フロントに預けてるんだろ？」

津田に言われ、秀尚は頷いた。

「じゃあ、荷物取りに行ってもらって、十分後にロビーに集合で」

「分かりました。じゃあ、竹ちゃん、また」

秀尚が竹原に軽く手を振り言うと、竹原は、

「今度は俺が京都行くから。秀の店、行ってみたいし、なんてったって観光地だし」

笑って言う。

「夏以外がお勧め。マジで盆地の夏は殺意が湧く暑さだから」

そう返し、秀尚は津田に会釈《えしゃく》をしてフロントへと向かった。


そのことに気づいたのは、津田の車に乗ってからのことだった。

「あ、津田さん車の運転って、披露宴でお酒は……？」

津田の車は八人乗りの国産ＳＵＶで秀尚は助手席に座らせてもらった——女子だと奥さんにいろいろマズイので問題らしいのだが、秀尚は男なのでＯＫが出た。

なお、すぐ後ろの席にはチャイルドシートが装着されていて、女の子を乗せる時は三列目になるらしい。

チョイ悪な見た目からは少し想像がつかないが、真面目な人らしいのはそれで分かった。

しかし、披露宴となると乾杯などで酒が出たはずだ。

「あ、大丈夫。俺、下戸《げこ》だから」

「え、そうなんですか？」

「粕汁《かすじる》でも、ヤバい時はヤバいレベルだから、乾杯もジュースだった。意外だろ？」

笑う津田に、秀尚は頷く。

「はい。……なんとなく勝手に、酒豪《しゅごう》なイメージをしてて」

「よく言われる。昔、合コンとかで居酒屋行ったら、ノンアル絶対俺の前に置かないもん、店員さん。『ウーロン茶お願いします』ったら『ウーロンハイですか？』って聞き直されたこと何回もある」

チョイ悪な見た目にことごとく反した人だなと秀尚は思う。

「加ノ原くんも料理人ってことは、コンドミニアムで自炊する感じ？」

「一応、そのつもりです」

「宿泊案内にも書いてたと思うんだけど、食材の準備って前日の夕方シメで届くのが翌日の昼頃だから、今日の夕食と明日の朝食はレストランか併設のベーカリーで何か買ってもらうことになるんだ」

「分かりました」

「ちなみにレストランの俺のお勧めは高菜の和風パスタで、奥さんのお勧めはビーフストロガノフ。ベーカリーのパンは、バゲット使ったサンドイッチでローストビーフのやつが人気あるけど、俺のイチオシは季節のフルーツサンド。でも、こんなクッソ雪の季節なんかフルーツ実らねえから、お休み中」

「あー、残念」

「しかもこの地方、やたら冬の季節が長いっていうおまけつき。俺の春は超遠いよ」

津田はそう言った後、思い出したように付け足した。

「あとは、クロワッサンが超お勧め。そのままでもおいしいけど、店で売ってる自家製ジャムのカボチャジャムつけるのがすごい好きなんだ。でも、気がついたら子供二人に全部食われてる。夜中に仕事終わって『カボチャジャムのっけてクロワッサン食おう』とかって思ってキッチンに行ったら、冷蔵庫でほぼ空っぽのジャム瓶《びん》と対面するっていう、泣くに泣けない悲劇」

背の高いチョイ悪な津田が冷蔵庫の前で肩を落としている姿が容易に想像できて、秀尚は笑う。

「……ちなみに、そんな時はどうされるんですか？」

「バターと砂糖混ぜて、軽くレンチンしたやつでごまかす」

「甘いものがお好きなんですね」

「これがなきゃ生きていけないってレベルじゃないけど、ベーカリーとかで商品が並んでたらまず甘いものからトレイに載せる程度には好きかな」

多分それは相当好きなんじゃないかと思うが秀尚は口にしなかった。代わりに、

「そういえば、津田さん。俺を送ってくれるのって、今日決まったっていうより、事前に竹ちゃんと打ち合わせてくれてたんですよね？」

聞きそびれていたことを問うと、津田はにやりと笑った。

「分かる？」

「はい。竹ちゃんは昔からそういう気を回してくれるんで。……すみません」

「いいって。基本、事前に連絡してくれたらコンドミニアムの客の送迎はやってるから。まあ、最寄り駅までだけど。それに今日は本当についでだったから」

津田はそう言って笑う。

――秀は、縁の巡り合わせがいいのかもな――

昨日、竹原に言われた言葉を不意に思い出した。

これも、竹原が繋いでくれた縁なのだろう。

「でも、ありがたいです。ここまでの雪って、住んでるところじゃほとんどないから、昨日ホテルまでの距離歩くだけでも、腰が引けてたんで」

秀尚が言うと『雪に向いた靴じゃないと危ないからなぁ』と津田は笑って返してきて、その時初めて『雪に向いた靴』なんてものがあるのだと秀尚は知ったのだった。


コンドミニアムは家族で泊まれる広さの豪華なところだった。どうやらコンドミニアムはすべて同じ規模らしい。

荷物を下ろすと秀尚はすぐにレストランに向かった。コンドミニアムからレストランまでは歩いていける距離だった。

レストランでコンドミニアムの客だということを話して食材の注文をしたいと頼むと、食材表を持ってきてくれたので、ある程度まとめて注文しておく。

そして、津田のお勧めである高菜の和風パスタを食べた。高菜の量が多めで唐辛子がほどよくきいていて、確かにおいしかった。

――パンにのっけてマヨネーズかチーズでもおいしいだろうなぁ……。

そんなことを考えながらお土産には必ず高菜の漬物を買って帰ろうと心に決める。

そしてコンドミニアムに戻ると荷解きをする間に風呂に湯を張り、湯張りが終わるとすぐ風呂に入った。

家族向けの広さだけあって風呂も大きかった。体が冷えていたこともあって、秀尚にしては長めに入った。

浴槽で温まりながら、

――みんな、今頃どうしてるかなぁ……。

ふっと、子供たちや居酒屋の常連たちのことを思った。

子供たちは昨日、今日と一体何を食べたのだろう?

大人稲荷たちは、久しぶりに外で飲んでいるだろうか?

それとも宅飲《たくの》みだろうか?

そんなことが気になって、秀尚はふっと笑う。

――なんだかんだいって、あの生活が気に入ってるんだよな。

ほぼ毎晩やってくる大人稲荷たちに、休みの日にやってくる子供たち。

それが日常になってしまっていて、たった二日しか経っていないのに落ち着かない気持ちになる。

――いや、俺が今一人だからか……。

昨日は同窓会のように賑やかに過ごして、ホテルに戻ったら簡単に入浴をすませて眠るだけで、何かを考える隙のようなものがなかった。

だが、今日はみんなとも離れて一人だ。

確かに一人で何も考えない時間なんて普段はほとんどない。

いつも店のことを考えているし、夜は布団に入れば五分も経たずに寝落ちだ。

それを慌ただしいと取るのか、充実していると取るのかは、その時の感情次第だと思うが秀尚の場合は後者であることが多い。

「いや、でも、一人でゆっくり何か考えるにはいい機会かなぁ……」

同窓生たちはまだ独身が多いとはいえ、これから徐々におめでたい話を聞くことも増えていくだろうし、秀尚の兄にもそろそろそんな話が出るんじゃないかと思う。

「……子供たちのご飯作りは、あの子たちが大きくなるまでは続けたいし…居酒屋は楽しいもんなぁ」

そうなるとやはり、大人稲荷たちが言っていたように、彼らの存在に理解がある人ということになるだろう。

欲を言えば、彼らと楽しく酒を飲めるような相手。

——その場合、付き合いなんてもんが始まって、どのくらいのタイミングでみんなのことを打ち明けるべきなんだろう……？

うーん、としばし考えていた秀尚だが、

「風呂、上がろ……さすがにのぼせる」

慣れない長湯にのぼせかけて、秀尚は思考を中断すると風呂から上がった。

◆◇◆

翌朝、秀尚はベーカリーに出かけて、できたてのサンドイッチを買ってきた。

昨夜、買っておいてもよかったのだが、店員に、

「明日の朝食用で、開店時間がお食事に間に合うようだったら、できたてをお勧めします！」

と言われて、軽い散歩を兼ねて買いに出かけた。

買ったのは昨日津田が話していたローストビーフのバゲットサンドと、ハーフサイズのバゲットとやはり昨日話題に出た自家製のカボチャジャムにした。

コンドミニアムに戻ると、準備してくれていたスティックコーヒーを入れて朝食にする。

「おお……、ジューシーで柔らかい……」

人気があるというローストビーフのバゲットサンドは、入っているローストビーフの量も多く、そのローストビーフが本当に柔らかく、おいしかった。

それだけでも充分満足だったが、せっかく買ってきたカボチャジャムも食べてみたかったので、バゲットを薄く切って、備えつけのトースターで軽く焼き、ジャムを塗って食べる。

「あ…、なめらかで甘さがほどよい」

優しい甘さは、確かに深夜に仕事で疲れて、ほっと一息つくのにちょうどいいと思えた。

——確かに、これが食べ尽くされてたら、泣くかも。

津田の気持ちが分かる気がして、秀尚はふっと笑う。

だが、それをやったのがあの写真の天使たちだとしたら、怒るに怒れないだろうなと思う。

なぜなら秀尚も、あわいの子供たちにはなかなか厳しくはできないからだ。

もともと聞き分けのいい子供たちなので、我儘《わがまま》らしい我儘もあまり言わない——ただし、言い出したら結構事件になる——から、日々の可愛らしいおねだり程度ならきいてしまう。

秀尚は子供たちのことを思い出しながら食事を終えると、ここに来た目的であるスキーをしにコンドミニアムを出た。

ウェアなど用具一式をレンタルし、ゲレンデに向かう。

スキーは初めてではない。

家族で何度か出かけたし、高校時代には同級生の母方の実家が信州《しんしゅう》で、冬休みにそこに泊めてもらってスキーを楽しんだ。

スノーボードもやってみたが、滑るより転ぶ専門のような感じだったので、早々に見切りをつけた。

久しぶりのスキーだったが、すぐに勘を取り戻せた。

ゲレンデには親子連れもちらほらいて、歩くのもおぼつかないような年の子がソリに座って引っ張られていたり、もう少し大きな子供は一人前にゴーグルをつけてスキー板を履いて滑ったりしている。

そんな姿を見ても、やはりあわいの子供たちを思い出してしまう自分がいて、秀尚は苦笑いする。

——狐耳と尻尾が隠せるようになったら、連れてきてあげたいなぁ……。

そんなことを思いながら、楽しく滑っているうちに、あっという間に昼前になったので、秀尚は一旦コンドミニアムに戻ってきた。

昨夜注文した食材がそろそろ届くからだ。

コンドミニアムに戻ると、すでに注文した食材は到着していた。

昨日の注文の時に、レストランに取りに来るか、それとも配達かを聞かれて、配達の場合はマスターキーを使って玄関内にクーラーボックスで置いておくということだった。

慣れない雪道を大量の食材を抱えて歩くなど、大惨事必至という感じだったので、秀尚は迷わず配達を頼んだのだ。

「おお、野菜もいいの揃ってる……」

配達してもらった食材をキッチンに運び込み、冷蔵庫にしまうもの、常温で大丈夫なものに分ける。

すぐ昼食作りに取りかかろうかと思ったが、一息入れたかったので、少し休もうとリビングに向かった時だ。

いきなり、ポンッと軽く何かが弾ける音がして、秀尚の目の前、リビングの床の上にとてもよく見慣れた寸胴鍋《ずんどうなべ》が現れた。

「は？」

戸惑《とまど》う。

いや、戸惑うどころではないのだが、正直、理解を越えることが起こると思考は一瞬停止する。

そして秀尚の思考回路が再び動き始めるより早く寸胴鍋の中から、

「よいしょ！」

可愛い声と共に見慣れた枕《まくら》を持った浅葱が飛び出してきた。

「かのさん！　いた！」

立ち尽くす秀尚をすぐに見つけ、浅葱は片方の手に枕を持ったままで秀尚の足に抱きつく。

「え、ちょ……」

何が起きているのか、秀尚がまったく把握《はあく》できていないうちに、続いて寿々をスリングに入れて抱いた萌黄が飛び出してきて、

「かのさん！」

秀尚を見ると浅葱と同じように笑顔で抱きついてくる。

「お、おう……」

その後も、戸惑うしかない秀尚を尻目に、豊峯、十重、二十重……と子供たちがわらわらと飛び出してきて、そして最後に、

「さすがに狭《せま》っ！」

そう言いながら、陽炎が寸胴鍋から出てきた。

「……一体何愉快なことしでかしてくれてんですか……」

とんでもないことが起きているというのに、にこにこ笑顔でまとわりつく子供たちと、いつもと同じく飄々《ひょうひょう》としながら出てきた陽炎の姿に、怒鳴る勢いすらそがれた秀尚は力なく呟いた。

「いやいや、俺が主犯みたいな目で見るのはやめてくれないか」

陽炎は肩を竦めて言う。その中、萌黄が秀尚の服の裾《すそ》を引っ張った。

「かのさんのごはんもたべられなくて、あうのもできなくて、さみしくなっちゃったんです……」

眉を寄せ、今にも泣きそうなショボン顔で萌黄は言う。

センシティブ派筆頭の萌黄のこの表情に、秀尚は弱い。

いや、基本子供たち全般に秀尚は弱い。

「あのね、みんな、さみしかったの！」

萌黄に続いて言ったのは十重だ。

「それでね、かのさんがおるすなのはしってたけど、でも、おみせにいったらもしかしたら、ちょっとでもさみしいのなくなるかもって、みんなでおみせにいったの」

そう説明したのは豊峯で、みんなが頷く。

確かに、今日は普段なら子供たちが加ノ屋に来てもいい日だ。

だが、秀尚が不在なので、来ても意味はないし、薄緋も秀尚が留守の間は行かないように言っただろうと思う。そういったことに抜かりのないのが薄緋だ。

しかし、子供たちは加ノ屋への行き方を知っている。

知っていれば、やってしまうのが子供だ。

「でも、やっぱりかのさんはいなくて、それでちゅうぼうへいったら、かのさんがいつもつかってるおおきいおなべがあったの」

「かのさんのけはいがいちばんつよかったんです」

浅葱の言葉に萌黄が続けて、二人は顔を見合わせて「ねー」と確認し合う。

寸胴鍋は出かける前、最後に洗った鍋だった。

偶然かもしれないが、気配が一番強かったと言われれば納得できてしまう。

「もしかしたら、おなべさんにおねがいしたら、かのさんのところにつれていってくれないかなーって、さねふじちゃんがいったの。でも、おなべさんだけだとむずかしいかもしれないっておもって、かのさんのまくらかりたの」

そう説明してくれるのは二十重だ。

「それで、みんなでおなべさんをかこんで、いっしょうけんめいおいのりしたの。そしたらおなべさんがきらきらしはじめて、みんなでおなべにはいったの」

「それで、ここに来た、と……。で？　陽炎さんはなんで一緒になって鍋に飛び込んでんですか？」

子供たちに関しては、純粋に「会いたい」気持ちだけでやったことだと思うが、陽炎まで一緒となると話は別だ。

面白いと思うことがあれば全力で取り組んでしまう陽炎なので、もしかしたらという不安が拭えない。

「俺は巻き添えだぞ？　薄緋殿から子供たちが消えたと言われて、真っ先に俺は加ノ屋を探しに行ったんだ。そうしたら厨房で子供たちが光ってるこの鍋に飛び込んでいくところだったんだよ。妙な空間と繋がっていたら洒落《しゃれ》にならんだろう。だから俺も後を追って鍋にだな……」

陽炎は子供たちを心配して追ってきたらここだったようだ。

やや苦い顔をして説明する陽炎の様子に、子供たちは「秀尚に会えた」という嬉しさから「いけないことをした」ことへの反省が入り始めたのが分かる。

「でも…どうしても、かのさんにあいたかったんです」

目を潤《うる》ませて萌黄が言えば、子供たち全員がこくこくと頷く。

そのいじらしさについうっかり絆《ほだ》されてしまう秀尚だが、

「……薄緋さんが探してるってことは、当然、黙ってきたってことだよね？」

確認すると、子供たちがぎこちなく頷く。

「薄緋さんが心配してるよ？　だから、みんな館へ……」

帰ろう、と続けるより早く子供たちは、

「「かのさんといっしょがいい――――！」」

「いっしょにいたいです！」

「「せっかくあえたのに！」」

子供たちはまるで今生《こんじょう》の別れかのように必死の顔で言い募ってくる。それに困って秀尚は陽炎を見たが、陽炎も悩ましげな顔をしていた。

「え、陽炎さん、まさか……」

いつものノリで『すまんなぁ、子供の世話を』と言い出しそうな気配だ。

無論、秀尚は子供たちと過ごすのは嫌ではない。

というか昨日も今日も子供たちはどうしてるかなと気になっていた。

とはいえ、ここは秀尚の家ではない。

一人宿泊という形で借りているコンドミニアムだ。いろいろ問題がある。

「いや、さすがに俺もそんな非常識なことは考えていないぞ」

陽炎は秀尚の懸念を感じ取ったらしく、まずそれは否定した。

「だがな、一つ問題がある。今回の件で分かったが、子供たちがおまえさんの気配を追うのが、俺たちが思った以上に容易になってる」

「気配を、追う？」

意味がよく分からなくて、秀尚は首を傾げた。

「毎日、おまえさんの作ったものを食べてるし、おまえさんと過ごすようになって随分長くなるだろう？　こいつらの中におまえさんの『気』が馴染んでるんだ。まあ、たとえるとするなら警察犬が匂いで犯人の後を追ったりするだろう？　それと似た感じで、おまえさんの気配に関しては、こいつらは超優秀な警察犬以上のレベルで追えるようになっちまってるんだ。だから無理に連れ帰ったところで、またここに来る可能性がある。今日はまだおまえさんが一人で家の中にいたからいいものの……」

「……ゲレンデでいきなり寸胴鍋からこんにちは、もあり得る、と…」

「そういうことだ」

言って陽炎は珍しく本気で困った様子を見せた後、

「とりあえず、薄緋殿に報告せねばならんが……現状を見てもらったほうが早いだろう」

そう言うとリビングの床に指先で円と何やら呪文らしきものを描いていく。もちろんただ指で床をなぞっているだけなので何が描かれたのかは分からないのだが、陽炎が円の外に出て軽く手を合わせ、小さく何事かを呟いた瞬間、床に描かれたものがオーロラ色に浮かび上がった。

そして、穏やかな光の粒が噴水のように湧き起こったかと思うと、その中に女性めいた面差しの優美な稲荷が立っていた。

あわいの地にある萌芽の館で子供たちの世話をしている保育狐の薄緋である。

現れた薄緋は、とりあえずため息をついた。

「……はぁ…」

「薄緋さん」

「加ノ原殿、申し訳ありません」

薄緋が謝罪する。それに、『あんまり子供たちを怒らないでください』と言いかけた秀尚だが、さっきまで秀尚にまとわりついていた子供たちの気配がないのに気づいた。

それに子供たちを見ると、子供たちは床の上に綺麗に一列に並んで正座をして薄緋を出迎えていた。

完全に説教される気配を察知してのことである。

「おまえたち、今週は加ノ原殿には会えないとちゃんと話をして、納得したはずでしょう」

薄緋は子供たちを見下ろしながら、淡々とした口調で言う。

薄緋は怒る時でも滅多に声を荒らげない。薄緋が取り乱した様子を見せるのは、本当に子供たちに危機が迫っている時や、彼自身の力でどうにもできない時だけだ。

こうして子供たちが見つかれば、怒りに任せて怒鳴るというようなことはせず、懇々と説教をする。

正直、それが逆に怖いと思う秀尚と陽炎である。

「うすあけさま、ごめんなさい」

小さな声で最初に謝ったのは豊峯で、それに他の子供たちも続けて謝る。一通り謝罪を聞いた後、

「何に対しての『ごめんなさい』ですか？」

薄緋は問う。

子供たちが「自分たちの何が悪かったのか」が分かっていなければ謝罪の意味がないことを理解させるためだ。

「……きょうは、かのさんのところにいかないっていうやくそくをやぶりました。ごめんなさい」

萌黄が泣き出しそうな声で言う。

「それから、うすあけさまをしんぱいさせてごめんなさい」

続けたのは浅葱だ。

「あと、かぎろいさまにもしんぱいかけてごめんなさい」

実藤が言えば、

「かのさんのおなべもかってにつかってごめんなさい」

「まくらももってきちゃってごめんなさい」

経寿、稀永の仔狐姿の二人が続ける。

「……一応は、何が悪いのか理解しているようですが…自制心が働かないのは問題です。自制心とは、やってはいけないと思っていることを、やらない、という強い心のことを言います。鶴の恩返しで、娘から『部屋の中を覗《のぞ》いてはいけませんよ』と言われたにもかかわらず、部屋を覗いてしまったおじいさんとおばあさんのことを、おまえたちは笑ったり責めたりできませんよ」

慣れ親しんだ昔話を引き合いに出されて子供たちはハッとした顔になり、ただでさえしょげていた狐耳と尻尾を一層しょげさせた。

「まあ、薄緋殿、説教はまた改めてということで……まずはこの後どうするか、相談しないか?」

陽炎が言うのに、薄緋は頷いてから、子供たちに視線を戻し、

「おまえたちは、そのまま正座で待っていなさい」

静かに言う。

声が静かなだけに、しみじみ反省を促《うなが》される気持ちになり、怖い。

秀尚が目を向けると、子供たちは神妙な顔をして静かに正座を続けていた。

その中、浅葱と目が合い、秀尚は唇の動きだけで「大丈夫だよ」と伝えてみる。
何が大丈夫なのか秀尚にも分かっていないが、そう伝えてやらねばならない気がしたのだ。

さて、秀尚、陽炎、薄緋の三人は正座の子供たちとは対照的に、リビングのソファーに腰を下ろした。

「せっかくの休日なのに、子供たちが押しかけて本当にすみません」

薄緋が改めて秀尚に謝る。

「いえ、大丈夫っていうか、子供たちのことはちょっと気になってたんで……元気そうで何よりっていうか……」

「元気すぎてやらかしたがな」

秀尚の言葉に陽炎がそう言って笑う。

「笑いごとではありませんよ……本当に」

薄緋は小さく息を吐いた。

「ちゃんと加ノ原殿のところに来られたからよかったものの……まだ正式に術を学んでいないのですから、とんでもないところに繋げてしまう可能性もありますし」

「『術』っていうより『気持ち』で空間を繋いじまうからなぁ……」

子供たちは『術』を使えるわけではないのだ。

基本的な——人間でいうところの『アブラカタブラ』だの『ちちんぷいぷい』くらいの、子供向け雑誌のおまけについていそうな『魔法が起きるおまじない』程度の知識しかない。つまり知っていて使ったともしても、害のない——はっきり言えば『ほぼ何も起きない』レベルの知識である。

しかし、そこはやはり稲荷候補生である。

本格的に発現していないとはいえ、みんなが某《なにがし》かの力は持っている。だからこそ、人の姿や他のものに化けたりもできるし、人の言葉を理解もできるのだ。

そんな彼らが集まって、正式な呪文など知らずとも、強く願えば本来起きるはずのないことが起きてしまう。

子供の疑うことのない『純粋な願い』は何よりも強い力なのだ。

「豆太《まめた》の時もそうでしたからね……」

薄緋は夏に起きた騒動を口にした。

夏のある日。加ノ屋の二階の壁に、突如《とつじょ》としてそれまでなかった扉が現れ、その奥に『懐《なつ》かし屋《や》』という不思議な店ができた。

その店に豆太という真っ白なポメラニアンの霊——非常に愛らしい犬ではあったが、幽霊だ——がやってきて、その豆太の『自分がいなくなって落ち込んでいる飼い主を慰めたい』という心残りを解消するために、その飼い主の家の近くに空間を繋いでしまう、という荒業を繰りだしたのだ。

「ましてや、すっかり気配の馴染《なじ》んだ加ノ原殿だ……。無理に連れ帰っても、また同じことが起きないとも限らんだろう？」

「目を光らせてはおきますが……懸念がすべて払拭できるとは限りませんね。とはいえ、せっかくの休日を過ごしていらっしゃる加ノ原殿にご迷惑をかけることはできませんし、最悪子供たちを術で縛《しば》ればすむ話ですし」

ことをもなげに言った薄緋に、なぜか陽炎が焦った。

「薄緋殿、それはさすがにやりすぎだろう」

「そうでしょうか……？」

「いや、トラウマものだぞ？」

「それは、術で縛られている状況下でオイタをしようとすればの話で、縛られているということを自覚して自分の行動を抑制できればよいのですから……というか、陽炎殿、縛《ばく》された上でいたずらをしようとしたことが？」

怪訝な顔で薄緋は陽炎を見る。それに陽炎は視線を逸らした。

薄緋の言う「術での縛り」というものがどういうものかは分からないが、普通にしている分には問題ない様子だ。

その上で何かいけないことをしようとすると陽炎いわく「トラウマもの」な何かが起き

るというだけで。

このままなら、薄緋は子供たちを連れて帰るだろう。

ただ、それは「秀尚に迷惑がかかる」から、という理由がさっきはついていた。

「あの、薄緋さん、ちょっといいですか？」

「なんでしょう」

「俺、明後日の昼前にはここを出るんで……実質ここでゆっくり過ごすのって明日までなんです。だから今日一泊だけなんですけど、もし、その一泊分の、子供たちの宿泊費とか飲食代とか、そういったのを負担してもらえるんなら、みんなと一緒でいいかな、なんて……」

秀尚の言葉に、

「「「かのさん！」」」

正座していた子供たちから声が上がる。

だが、薄緋がちらりと視線を向けると、声を上げた子供たちは両手で口を塞《ふさ》いだ。

「加ノ原殿、それでは休暇には……」

「でも、子供たちのことも気になりますし……費用を負担してもらって、あと俺一人でみんなを見てるのは無理なんで、陽炎さんにも手伝ってもらうってことなら、なんとかなると思うんです」

秀尚は陽炎を容赦《ようしゃ》なく巻き込むことにした。というか、陽炎はおそらく断らないという、根拠のない自信があった。

「そりゃもちろん、子供たちを守るのは俺の任務だが……」

秀尚と陽炎の言葉を聞いて、薄緋は少し考えると、

「……費用の面はなんとでもできますが、本当によろしいのですか?」

薄緋は確認してきた。

「大丈夫です。さっきも言いましたけど、多分このままみんなが帰っちゃっても、俺、気になって楽しめないと思いますし……」

秀尚が答えると、

「……陽炎殿と加ノ原殿だけでは心もとないですから…そうですね、冬雪殿にもこちらに来てもらうことにしましょう」

薄緋は言ってから、立ち上がり、正座する子供たちの前に立った。

「おまえたち、話を聞いていましたね?　加ノ原殿がおまえたちを思って、ここに滞在することを許可してくれました」

薄緋が言うと子供たちの顔がぱぁぁっと明るくなる。だが、

「ですが」

薄緋が強めに言えば、再び子供たちは神妙な顔をした。

「絶対に勝手なことをしてはいけません。加ノ原殿、陽炎殿、それからこれからお呼びする冬雪殿の三人の言うことを必ず聞きなさい。何をするにも三人の誰かから許可を必ずもらうこと。いいですね？」

子供たちは、こくこくと頷く。

それを見ても、まだ薄緋は悩むような顔をしていたが、少しして一つ息を吐くと秀尚と陽炎を見た。

「私は戻って、冬雪殿に説明をしてきます。必要なものを持って冬雪殿にこちらに来ていただくようにしますので」

「ああ、分かった。それまでここで子供たちと大人しく待ってるよ。な？」

陽炎が子供たちに同意を促すと全員が「はい！」と元気よくいい子な声を出した。

「では、よろしくお願いします」

薄緋はそう言うと、そのままふっと姿を消した。

「さ、おまえたち正座やめていいぞー」

薄緋が帰るとすぐに陽炎は子供たちに正座終了を告げる。それですぐに足を崩した子供たちだが、さすがにフローリングの上に直接の正座で足が痺《しび》れた様子ですぐにはみんな立ち上がれなかった。

それを見ていた狐姿の経寿と稀永――この二人は正座ができないので普通に座っていた

——が子供たちの足を戯《たわむ》れにつついて遊び始め、

「だめ、まれちゃ…っ…っふふ、ふ」

「や、っふは、は、は……っ」

痺れを助長させられた子供たちは笑いながら床の上で身悶《みもだ》えた。

その痺れがひとしきり落ち着き、子供たちがソファーに移動し、みっちり座っていると、薄緋を呼び出した先程の床の円陣が再びきらめき、冬雪が現れた。

「やあ、加ノ原くん、元気？」

いつものホスト——いや、人当たりのいい声と笑顔で冬雪は秀尚に言う。

「おかげさまで」

「今、顛末《てんまつ》を薄緋殿から聞いたところだよ。ごめんね、お休み中に押しかけてきちゃって」

「いいえ、冬雪さんも急にここに来てもらうことになって、すみません」

「僕は全然構わないよ。東北は前にも来てるしね。いいところだからまた来たいと思ってたんだ」

にこやかに冬雪は言う。

その言葉で、以前冬雪が休暇を兼ねた出張で東北に来たことがあるのを思い出した。

「前回は温泉を楽しんだんだけど、ここゲレンデの側なんだろう？　ウィンタースポーツが楽しめるね」

「冬雪殿、子供たちの世話をするのが仕事だぞ?」

陽炎が言うが、

「陽炎殿だって、この後、みんなを連れてゲレンデに行こうと思ってるよね?」

いい笑顔で冬雪は言う。

「まあ、子供たちにとってはいい機会だとは思ってる」

などと陽炎は返すが、六本の尻尾が楽しげに揺れている。

どう見ても、ゲレンデで遊ぶのを楽しみにしているのがよく分かる。

「げれんでってどこ?」

冬雪の言葉の中の聞き慣れない言葉に十重が首を傾げる。

「あー、ゲレンデっていうのは、スキーとかするところ」

秀尚はそう言って、リビングにある大きめの窓に引いてあったレースのカーテンを開いた。

そこに広がる雪景色に子供たちから一斉に歓声が上がる。

「まっしろ――――!」

「ゆき? ね、かのさん、あれぜんぶゆき?」

浅葱が目を見開いて聞く。

「そう、全部雪。あそこで遊ぶんだよ」

秀尚がそう言った時、豊峯のお腹が鳴った。その音に子供たちは空腹であることに気づいて、おなかすいちゃったねー、と声にし始める。

「ああ、忘れてたけどもう昼過ぎてるもんな」

すっかり忘れていたが、秀尚も昼食のために戻ってきたのだ。

とはいえ、何の仕込みもしていないのでこの人数の食事の準備は無理だ。

「とりあえず、全員の昼食を調達しようか」

冬雪が言う。

「あ、近くにレストランがあって、ベーカリーが併設されてるんです。総菜パンやサンドイッチも豊富だったからそこで……ああ、それから、受付事務所へ行って宿泊人数が増えたって言ってこないと……」

秀尚の言葉に、

「俺と冬雪殿で飯の調達がてら、受付事務所にも行ってくる。加ノ原殿は子供たちを見ててくれるか?」

陽炎が言う。

「え、でも……」

秀尚が自分が行く、と言いかけた時にはもう陽炎も冬雪も術で、すっかり「ゲレンデにウィンタースポーツを楽しみに来た人」の服に着替えていた。

さらっと人界の流行りを押さえた服装にしている上に、着こなしているあたりは、さすがお稲荷様と言うべきだろうか。

「じゃあ、おまえたち、大人しく留守番してるんだぞ」

「すぐにおいしいもの買ってくるからね」

陽炎と冬雪はそう言うと出かけていった。

そして待つこと約三十分。二人はそれぞれ両手に大きな袋を持って帰ってきた。

「ほら、いろんなパンとサンドイッチを買ってきたぞ」

「さあ、みんな好きなのを選んで」

二人はリビングのテーブルの上に買ってきたパンを並べ始める。

「いっぱい！」

「さんどいっちー」

「とえちゃん、このさんどいっちと、このさんどいっち、はんぶんこずつしよ！」

「かのさん、このぱんとこのぱんとこのぱん、さんこにわけて！　もえぎちゃんと、とよのさんにんでわける！」

いろんなパンも分け合えば、もっとたくさん味わえる。

子供たちのシェア精神は今日も発揮されていた。

子供たちが一通り選んだ後、大人たちが残りのパンから自分のものを選ぶが、これも当然三等分して子供たちと同じようにシェアした。

唯一、パンを食べ損ねたのは、寿々だ。

さすがに寿々にパンはまだ早いので、秀尚が二人が買い出しに出ている間に寿々の食事だけは簡単に準備をした。買ってあったバゲットを甘いミルクで煮込んで柔らかくし、そこにあのカボチャのジャムをトッピングしたものだ。

秀尚は自分も食べながら、寿々が食べる様子も見守る。

「でもこんなにたくさんだと、随分高かったでしょう?」

パンのボリュームにもよるが、一つでは食べ足りない——少なくとも大人は多少食べ足りない——ことも想定してだろうか、まだパンは残っている。

だが、店で売っていたパンの大体の単価から考えるとこれだけでかなりの値段になったはずだ。

「まあ、観光地の値段ってこんなものだよね」

「それに、いくつかのパンはお勧めだからっておまけでつけてくれてな」

「このあたりの人っていうか、もしかしたらあのお店の人が特別だったかもしれないけど、優しい人だったよね」

冬雪と陽炎は言い合い、頷く。

――いや、多分それ、純粋な優しさだけじゃない……。

何しろ、目が覚めるようなイケメン二人だ。

そんな二人が笑顔で話しかけてきたりしたら、間違いなく、イケメンへの特別サービスが繰りだされるだろう。

――イケメン、滅《ほろ》べ。

秀尚はこっそり胸の中で呟きながら、パンを口にし、そのおいしさに慰められた。

三

昼食を終え、少し食休みの休憩を入れてから秀尚たちはゲレンデへと向かった。

当然子供たちは陽炎、冬雪によって術で狐耳と尻尾を消してもらい、服も子供用のスキーウェアに術で着替えた。

狐姿の経寿と稀永、そして赤ちゃんの寿々は子犬のように見えるだろうということで、陽炎がやはり術で準備したハーネスをつけ、ゲレンデに出陣《しゅつじん》である。

とはいえ、寿々には寒すぎるので、秀尚が抱っこした。

外に出ると子供は尋常《じんじょう》ではない雪の量に大興奮だった。

「ぜんぶ、ゆき?」

「おそらのくもが、まざったりはしてないんですか?」

浅葱と萌黄が不思議そうに言う。

萌黄の発想に可愛いなぁと思いながら、

「全部雪だよ」

秀尚が言うと、

「……いちごしろっぷかけたい」

呟いたのは豊峯だ。

「わたしは、れんにゅうとあずきがいいなぁ」

二十重が控えめに、しかししっかり主張する。

「うーん、雪は、食べないほうがいいかな」

秀尚が苦笑しながら言うのを聞いて、

「この寒さでかき氷を食べたい気分になるのは、やっぱり若さか？」

陽炎が真剣な顔で言うと、冬雪が頷いた。

「若さだろうね。僕は、温泉で日本酒かなぁ」

「それは鉄板だな」

そんなことを話しているうちに、スキー板をレンタルしている店に到着した。全員、スキー板をレンタルし、それからソリも二つ借り、ようやく子供たちのスキーデビューである。

「……忘れてましたけど、陽炎さんと冬雪さんはスキーの経験は？」

秀尚が問うと、二人とも頷いた。

「あるぞ」

「まだ最近だけどね。日本で冬のオリンピックを開催した時に興味を持って。それで前は二人でよく休みのたびにあちこちに出かけて練習してたから」

「ああ、長野《ながの》オリンピックですか？」

神様スパンだと二十年少し前のことなら「最近」でも仕方がないだろうと思った。しかし、

「いや、北海道《ほっかいどう》であったやつだ」

「札幌《さっぽろ》オリンピックだね」

陽炎と冬雪はさらにひとつ前の日本開催を挙げてきた。

「五十年前じゃないですか……」

脱力する秀尚に、

「もうそんなになるか？」

「最近だと思ってたんだけど、意外と経ってたね」

二人はしみじみ話し出す。

——これだから神様たちは！

そう思っているうちに、子供たちはスキー板を装着し終えていたが、装着した途端、

「わ、わ、すべっちゃう！」

「あし、もうひらかないー！」

早速、数名が転んだ。

まだ立っている子供たちも、必死で踏ん張っているのが分かる。

「転んじゃった子は、起き上がる練習からしようか？　陽炎殿は、立ってる子に楽な立ち方を教えてあげて」

冬雪は言いながら、転んだ子供たちに近づいていき、陽炎は立っている子供たちにスキーの止め方を教え始める。

スキー歴五十年ともなれば、教え方もうまい。

秀尚はその光景を眺《なが》めつつ、抱いていた寿々をソリに乗せる。それを見ていた経寿と稀永もソリに乗り込んできた。

そして他の人に聞こえない小さな声で、

「かのさん、そり、すべらせて」

経寿が言った。

「分かった、ちょっと待ってて」

そう言うと、ソリを引っ張って滑らせてやる。

三十分ほど、低地で陽炎と冬雪は子供たちに基本的な滑り方を教え、子供たちがある程度慣れた頃合いで、

「交代でみんなを見ながら、一人ずつリフトに乗ってくるか？」

陽炎がそう言ったので、まず、秀尚が滑りに行くことにした。

そして秀尚が戻ってくると、次は陽炎だ。

その間、子供たちはスキーの練習もしているが、交代でソリ滑りもしていた。

「あの人、格好いい」

「あの金髪っぽい人？」

華《はな》やいだ女性たちの声が聞こえて見てみると、滑り降りてきた陽炎がボーゲンでゆるゆると近づいてくるところだった。

「声、かけてみる？」

「写真、一緒に撮ってもらおうよ！」

女性たちが、持っていたスノーボードを雪に突き刺し、陽炎の許へと急いでいく。

声は聞こえなくなったが、遠目で見る限り写真をお願いします、と言っているらしいのが分かり、陽炎は驚きつつも嬉しそうに何枚も撮影に付き合っていた。

そしてしばらく何かを話した後、戻ってきた。

「モテるね、陽炎殿」

冬雪が言うのに、

「写真を頼まれただけだぜ？」

陽炎は、よくあることだろ？　といった様子で返す。

「普通は写真を頼まれたりも滅多にしないんですけど」

秀尚が返すと冬雪も頷き、

「しかもその後、何か話してたよね？」

追及する。

「よかったら、何かの友達になってもらえないかって言われただけだ」

「まさか連絡先交換したのかい？」

冬雪が詰め寄る。

「するわけないだろう。そもそも携帯電話を持ってないだろう俺たちは。まさか水晶玉取り出すわけにもいかんしな。携帯電話を部屋に置き忘れてきたって言って終わりだ」

陽炎の言葉に冬雪はなぜか安堵したように息を吐いた。

「なんなんだ、その安心した感は」

陽炎が解《げ》せぬ、といった様子で返せば、

「わりと可愛い子たちだったから、陽炎殿、これを機会に稲荷女子との結婚を諦めて人界女子に抜け駆けするのかと思ったんだよ」

冬雪が素直に返す。

「それも悪くはないが、スキー場の恋はまやかしだぞ」

「僕たちは妖《あやかし》だったりするしね」

「うまいこと言った、的な顔をするのやめて、滑ってこい」

陽炎は笑って冬雪を送り出す。

そして今度は陽炎と二人で子供たちと遊んだり、スキーを教えたりしていると、

「お、冬雪殿が降りてきた」

ゲレンデを見て陽炎が言う。

すると上方からプロっぽい感じで颯爽と冬雪が降りてきたが、その進む先で赤いウェアの、おそらく女子が転んだのが見えた。

あわや衝突、と思ったが、冬雪はうまく回避し、すぐにスキーを止めると転んだ女子の許に向かい、立ち上がるのを手伝う。

すると、転んだ彼女の友達らしい子たちも順に滑り降りてきて足を止める。

どうやら五人で滑りに来ているらしい。

その後、なぜか集団で一緒に降りてきて、秀尚たちには声が聞こえない距離のあたりで再度お礼を言われている様子だった。

だが、お礼だけにしては遅いと思ったら、陽炎と同じく撮影会が始まった。

「『スキーお上手ですね。地元の方ですか』『いや、京都から来たんだ』」

陽炎が呟き始める。

「変なアテレコしないでくださいよ」

秀尚が言うと、

「嘘を言ってるんじゃないぞ、唇の動きを読んでるんだ……。『どこに泊まってらっしゃるんですか？』『ああ、友達と一緒にコンドミニアムに』」

陽炎が読み取った言葉を口にし続ける。

「え、読唇術なんかできるんですか？」

「長年生きてるとな。『今夜のご予定は？』『私たち、部屋で飲むんですけど、もしよかったら来ませんか？』……」

そこまで読むと、陽炎は、

「十重、二十重」

近くで雪だるまを作っていた二人を、ちょいちょい、と手招きして呼び寄せた。

「かぎろいさま、なに？」

問う十重に、陽炎は軽く腰を曲げると、女子に囲まれている冬雪を指差した。

「冬雪殿のところに行って『パパ、早くソリを引っ張って』って言ってこい」

にっこり笑顔で指示を出す。

純真な十重と二十重の二人は笑顔で頷くと、手を繋いで冬雪の許へと向かった。

冬雪の許に到着した二人は、冬雪のウェアのズボンを手で掴んで『ねぇねぇ』という様子で引っ張った。

突如として現れたとんでもない美少女——美幼女といったほうがいいだろうか——二人に、女子たちは驚いているのが分かる。

「『ぱぱ、はやくあそんで』『こっちきて、はやくそりひっぱって』」

陽炎がアテレコすると、冬雪を囲んでいた女子たちからは、あからさまに『あ、妻帯者』という落胆《らくたん》が広がり、愛想笑いと共に、

「『可愛いお子さんですね』『二人とも格好いいパパでいいね』」

そんな言葉を残して再びリフトのほうへと向かい、十重と二十重は冬雪を連行して戻ってきた。

「かぎろいさま、とうせつさまつれてきたよ！」

十重が元気に報告する。

「やっぱり陽炎殿の入れ知恵？」

ややお怒りモードの冬雪に、陽炎は爆笑する。

「十重、二十重、よくやった。冬雪殿、ちょっと鼻の下を伸ばしすぎだろう？」

「陽炎殿だって同じだったじゃないか」

「俺は連絡先交換も断っただろう？　冬雪殿はあのままだとあの子たちに泊まっているところを伝えられて、絶対に来てくださいね、なんて念押しされて断れなくなる状況になるに決まってるじゃないか。それを助けてやったんだぞ？」

「どうだかね。半分は嫉妬《しっと》じゃないの？」

醜《みにく》い大人の争いが静かに始まる中、

「かのさん、みてみて、さんだんのゆきだるまー」

「かのさん、つぎ、ぼくすべってくるからみてて！」

子供たちは微笑ましく雪遊びを楽しみ、醜く諍《いさか》う二人の許には十重と二十重がソリを引っ張っていき、

「そりひっぱって」

「うえから、ひゅーんってすべっておりたい」

おねだりをして諍いを終了させる。

それを微笑ましく見ていると、

「かのさん、おやまのてっぺんにはなにがあるんですか？」

萌黄が聞いてきた。

「何があるんだろうね？」

おそらくは、木と雪しかないと思われるが夢を壊してはいけないのでぼやかす。

「おやまのてっぺんにのぼってみたいなぁ……」

そう言う浅葱に、萌黄も頷いたが、

「山のてっぺんには行っちゃいけんよ」

不意にそう声をかけてきた人がいた。

見てみると、六十歳すぎの男性だったが、着ているジャケットに「staff」と縫《ぬ》いとりがあり、腕には「スタッフ」と書かれた腕章《わんしょう》があった。どうやら、スキー場施設の人らしく、ゲレンデの落とし物や迷子、迷惑行為などの見回りをしているらしい。

「どうしてだめなの？」

浅葱が問うと、

「山のてっぺんには、山を守っとられる雪女様《ゆきおんな》がいて、てっぺんに人が来るのを嫌いなさる。もしてっぺんに人が来たら凍らせてしまうからなぁ」

孫に言い聞かせるように、神妙な顔つきで答えた。

「ゆきおんなさん！」

「ゆきんこちゃんの、おかあさんだ」

萌黄と浅葱は、知っている人（？）の名前が出て、嬉しそうに言う。

そんな二人の言葉を、子供ゆえの無邪気さと受け取った彼は、にこにこして数回頷いてから見回り作業に戻っていった。

しかし興味が出てしまった浅葱と萌黄は、

「とよ、いまおじいさんが、おやまのてっぺんにゆきおんなさんがいるっていってた！」

「ゆきんこちゃんの、おかあさんです」

豊峯に話して聞かせる。

「ほんとうに？　ゆきおんなさん、あってみたいなぁ……」

豊峯が呟くと、実藤が、

「ぼくも、あってみたい！　どこにいったらあえるの？」

そう問い、浅葱が胸を張って「おやまのてっぺんだよ」と答える。

――あ、これ、ダメなやつだ。

よく知っている流れである。

だが、その矛先は十重と二十重のソリ遊びに付き合って戻ってきた陽炎へと向かった。

「かぎろいさま、おやまのてっぺんにいってみたいです」

突然の萌黄の言葉に、陽炎はキョトンとする。

「どうした、萌黄、藪《やぶ》から棒《ぼう》に」

「あのね、いまおじいさんがね、おやまのてっぺんに、ゆきおんなさんがいるっていってたの」

浅葱が答える。

「でも雪女さんは、人が近づくのを嫌うから行っちゃいけないって言われただろう？」

秀尚がその情報を付け足すと、陽炎は、

「なら、行くのはダメだ」

あっさり却下した。

「えー！」

「いきたい！」

「ゆきおんなさんに、あってみたい」

浅葱、豊峯、実藤が次々に言うが、

「雪女殿は人に会うのを嫌ってるんだろう？　会いに行っても会ってもらえないぞ。そもそも人に会うってのは、事前に、いつ頃なら会いに行ってもいいかって約束を取りつけるところから始めるんだ。その許可なく行く上に、人に会うのを嫌ってるとなったら、門前《もんぜん》払《ばら》いもいいところだ。諦めろ」

淀《よど》みなく陽炎は理由を伝える。

不服そうに「ええーっ」と声を漏らしたが、こういうことに一番乗ってくれそうな陽炎がダメだと言うので、不承不承という様子ながら諦めたようだ。

「さて、そろそろ、戻らないか？　日が暮れ始めたら早いからな」

陽炎の言葉に時間を確認すると四時前になっていた。いろいろあってゲレンデに出る時刻が遅かったのもあって、あっという間に時間が過ぎていた。

「そうですね。夕ご飯の準備もありますし」

秀尚が頷くと陽炎と冬雪が音頭《おんど》を取り、子供たちに帰り支度をさせ始める。

借りたソリとスキー板を返却し、コンドミニアムへと帰る途中、

「やっぱりこういう雪深いところだと、雪女の伝承ってあるんですね」

秀尚が言うと、陽炎は、

「伝承ってのは、全部が全部本当ってわけじゃないが、某かの真実は含まれてるもんだ。山頂に本当に雪女殿がお住まいかどうかは、この距離からだと分からんが、山頂は地元で神聖なものとして扱われていることもある。そういう面を抜きにしても、実際問題山頂付近には地理的に危険な場所があるのかもしれない。滑落の危険のある急斜面だとか、方向を見失いやすいから遭難の可能性がある、とかな。だから『近づくな』っていうメッセージのために、何らかの『不思議なこと』を絡めて伝承として残すってのは、よくあるパターンだろう」

そう説明する。

「あー、昔だとそういう話にしたほうが、みんな怖くて近づかないって感じかもしれないですね」

「那須《なす》の殺生石《せっしょうせき》なんかもそうだしな」

「あ、知ってます。ばあちゃんから、人間に化けてた金毛九尾《きんもうきゅうび》の美人の狐さんが、正体を見破られて石に姿を変えて、石に近づく人を殺しちゃうって」

「それだ」

「ってことは、あれは石に近づくなって伝承で、実際に美人な狐さんはいなかったってことですか?」

確か、火山性のガスが云々、といったことを聞いたことがあるな、と思っていると、陽炎はにやりと笑った。

「さあ、そのあたりはどうだろうな?」

「え！　気になる！」

「まあ、夢があっていいじゃないか」

陽炎はそう言うだけで、実際のところは教えてくれなかった。

もっとも、陽炎も知らないだけかもしれなかったが。

そんなことを話しながら、コンドミニアムへと、子供たちを連れて戻ったのだった。

四

雪が降り積もる中、輝く銀糸の髪をした、雀《すずめ》ほどの大きさの小さな小さなゆきんこたちが、こっそりと人の住まうあたりまで下りてきて遊んでいた。

春から秋は、山の上の雪女の結界で守られた場所でなくては、溶けて儚《はかな》く消えてしまう彼女たちにとって、雪の季節は唯一、外で遊ぶことができる期間だ。

本当は、結界の近くでしか遊んではいけないと言われているが、みんなこっそり山を下りて、人の住まう近くまでやってくる。

そこで、いろんな人間を見たりするのも好きだが、彼女たちのここしばらくのブームは、積もった雪山の上から、停車しているトラックの荷台にジャンプして、その荷台からまた雪道の上に飛び下りる、スリリングな遊びである。

ぽん、ぽん、ぽん、とリズミカルに五人のゆきんこが車の荷台にかけられた雪よけのシートに飛び下り、最後、姉妹の中で一番小さな六番目の末っ子の順番が来た。

先に下りた五人が手招きで、おいでおいで、と呼ぶが、末っ子はなかなか決心ができず雪の上でまごついている。

ここ何日か、末っ子はずっとそうだ。飛び下りる勇気が出なくて、結局、再び上ってきたお姉ちゃんたちが飛び下りて遊ぶのを眺めていた。

——おねえちゃんたちみたいに、ぽんって、したい……。

みんな楽しそうなのだ。

だが、シートまではとても遠くて、怖くて、足が竦む。

じわっと目に涙が浮かんできて——いつもはここで諦めるのだが、末っ子は勇気を出した。

そして、目をぎゅっと閉じ、ぽんっと飛び出した末っ子は、盛大に尻もちをつきながらも荷台のシートの上に初めて飛び下りた。

快挙を成《な》し遂《と》げた末っ子を、五人の姉たちが取り囲んで祝う。

それに末っ子が喜んだ時——。

「じゃあ、また明日」

「いつもありがとうね」

そんな声が聞こえてトラックに人が戻ってきて、ほどなくエンジンがかけられる。

——おりなきゃ！

長女の声でみんな一斉に荷台から雪道の上に慌てて下りていく。

が、シートの上に飛び下りた時よりも、もっと高いところから飛び下りなくてはならないのだ。

シートに飛び下りるまで数日決心するのにかかった末っ子が、そんなすぐに決断できるわけがない。

まごついている間に、車は走り出してしまった。

——すえちゃん！

声にならない声で姉たちが叫ぶ。

そしてトラックの後を追った。幸い雪深いので、トラックも、そう速い速度では走れない。とはいえゆきんこたちも小さいので追いつくのが大変だ。

その時、姉たちの目に、看板犬よろしく店の前で座っている大型犬が映った。

長女は犬にトラックを指差し、末っ子が荷台に残されたままで、追ってくれるように必死で伝えた。

小さな幼いゆきんこたちの訴《うった》えに犬は頷き、背中に乗るように伝えた。そしてゆきんこたちが背中に乗り、しっかりと犬の毛を掴むと、犬はゆっくりと立ち上がり、それからトラックを追って走り出した。

トラックは少し先の信号で停止していたためすぐに追いつき、ゆきんこたちは犬に急いで礼を言って、荷台から少し外へと出ていたシート固定用の紐《ひも》をするする上って荷台へと向かう。

するとシートの上では心細すぎて怖くて、涙も止まってしまった末っ子がいた。

――すえちゃん！

駆けつけた順に末っ子の許へと全員が急ぎ、末っ子を抱きしめる。

やっとみんなと会えた安堵で末っ子は泣き始めたが、その間にトラックは再び動き出した。

これからどこに運ばれてしまうのか、どうなってしまうのか、ゆきんこたちは何も分からず不安しかないまま、荷台の上で揺られているしかなかったのだった。

◆◇◆

コンドミニアムに戻ってきた秀尚は、とりあえずここに滞在する間の分のつもりで買った食材をすべて使って夕食作りを始めた。

キッチンと言っても簡易キッチンに近いものなので、一度にいろいろなものは作れないので時間がかかるし、買っておいた食材もさほど潤沢《じゅんたく》というわけではない。

そのため、冬雪がレストランへ取り分けて食べられそうなものをテイクアウト――コンドミニアムにレストランのテイクアウトメニューが置いてあったので、それを見ながら決めた――しに行き、その間陽炎は子供たちを順番に風呂に入れた。

そして全員が風呂から上がる頃にはなんとか料理も間に合って、全員で夕食をとった。

秀尚はシチューを作ってそれを明日の夜まで使い回すつもりだったので、その食材と、少しお高めの六個入り一パックの卵、もしかしたら朝食は鮭《しゃけ》が食べたくなるかも、と鮭の切り身を一つ、そしてパックご飯を六食分準備していただけだ。

予定どおりシチューにしてもよかったが、冬雪にビーフシチューのテイクアウトを頼んでおいたので、シチューはやめて、ドリアに作り替えた。

鮭は焼いて身をほぐし、ドリアのご飯に混ぜ込んだ。

卵は全部使って、ドリアに入れなかった野菜を混ぜ込んで、なんちゃってスパニッシュオムレツである。

そこに冬雪が買ってきたビーフシチューと、サラダ、ピザなどが並んで豪華な食卓である。

全員でいただきますをするが、とりあえず食べなければならない子供たちと秀尚が優先で、基本食べなくていい冬雪と陽炎は摘む程度だ。

「おやさいいっぱいのおむれつ、おいしい！」

「どりあのごはん、しゃけがはいってる！」

「ちゃいろいしちゅーのおにく、やわらかいー」

子供たちは嬉しそうにご飯を食べる。

秀尚も自分用に取り分けたビーフシチューを食べたが、確かに箸《はし》で切れるほど柔らかで、肉の旨味はあるが臭みはない。

――家で再現するなら柔らかさは圧力鍋で……でも元々の肉のよさもあるだろうなあ……。臭みは多分ハーブで…。

食べながらも、つい再現方法を考えてしまうのは職業病と言っていいだろう。

子供たちは満足するまで食べた後は、腹ごなしに、コンドミニアムに置いてあるトランプ遊びを楽しむ。

だが、初体験のスキーで思った以上に疲れていたのか、子供たちは八時を回ったあたりからこっくり、こっくりと船を漕ぎだした。

そのため、寝室へと連れていき、寝かしつける。

寝室にはダブルベッドが二つあった。ここに子供たちを、三、四人ずつ振り分けて寝かし、そこに大人一人ずつが眠る。

狭いかもしれないが、子供たちは眠っている間に変化《へんげ》が解けて狐姿になってしまうことも多いので、大人が眠る時刻には多少スペースが空いているだろう。

寿々、経寿、稀永の狐姿三人は寝室の、おそらくは着替えなどを入れておく籠《かご》の中で身を寄せ合ってスヤスヤ睡眠中である。

いつの間にか経寿と稀永がそこで寝ていたので、寿々を混ぜてもらったかたちだ。

残る大人一人は三人がけソファーで就寝予定だが、その一人は陽炎に決まった。

陽炎と冬雪の配慮から、秀尚はベッド、というのは決まっていて、二人がジャンケンをした結果だ。

「陽炎さんなら細いからソファーでも大丈夫ですよ」

と、慰めた秀尚に、

「長さが足りないだろう。体をくの字にしないと……」

陽炎は眉根を寄せるが、そんな陽炎に冬雪は明るく笑って、

「狐の姿に戻ればいいんだよ。そうすれば充分快適だと思うよ」

解決策を口にする。

「それもそうか……。いや、だが俺のこの豊かな六本の尻尾が意外と邪魔をするかもしれん……」

陽炎はわざと隠していた尻尾を出し、ふるん、ふるん、と揺らす。

その様子に、巣穴で自分の大きな尻尾が邪魔なことを悩む仔狐の歌を秀尚はちょっと思い出した。

「まあ、眠るまで小首を傾げて考えててください」

笑って言ってから、

「それはそうと、お二人とも、夕食ほとんど食べてないですよね。残り物アレンジでちょっと何か作りますね」

秀尚がそう続けると、二人から「おお」と声が上がった。

「さすが加ノ原くん！」

「後光が差して見えるぞ」

「大したものは作れないですよ」

そう言いながらも夕食の残りを確認する。

レストランのテイクアウトもあったので子供たちを満足させても、夕食はそれぞれ少しずつ残った。

秀尚が買っていたバゲットがあったので、それを切り分けて軽くトースターで焼き、残った食材を乗せてカナッペ風に仕立てていく。

昼食に買ってきたパンも少し残っていたので、リベイクして切り分けた。

大きなお皿三つに分けて載せ、二つはトレイに、もうひとつは手で直接持って運んでいくと、リビングでは陽炎と冬雪の二人が、なぜかスパークリングワインとワイングラスを持って笑顔で待機していた。

「残り物とは思えない豪華さだな」

「本当だね。さすが加ノ原くん」

褒《ほ》めてくれる二人に悪い気はしないが、

「そのワインとワイングラス、どこから持ってきたんですか？」

「ん？　本宮の俺の部屋からだぞ？」

あっさり陽炎が返してくる。

「本宮の俺の部屋って……一度、部屋に帰ったんですね？」

「ああ、今な」

「だったら、今夜も帰ってそっちで眠ればいいじゃないですか。っていうか、二人ともすぐ帰れるんですよね？　ついでに言えばあの不思議な魔法陣で子供たちだってすぐあわいに戻れたりするんですよね？　だったらここで寝かせないでそっちに戻れば、みんな広々眠れるのに……」

秀尚はため息をつきつつ言うが、

「いやいや、旅行っていうのはそこで寝て起きてこそだろう？」

「そうだよ。そりゃ、加ノ原くんが一人を満喫してるところに押しかけてきた気まずさはあるけど……」

二人はそんなふうに返してくる。そして冬雪は、

「あ！　薄緋殿から連絡が来て、加ノ原くんの滞在費も本宮経費で落とせるようになったって。事前に払い込んでる分は、後日、何らかの形で補填《ほてん》されるように手配してるからって言ってたよ」

そう付け足してくる。

「え、それは申し訳ないっていうか……」

「遠慮せず受け取っておけばいい。子供たちの健全な育成のためにおまえさんが尽力してくれてるってことは、本宮でも理解されてるからな。多少のことは経費で落ちる」

陽炎がそう言ってくれたので、秀尚は「じゃあ、ありがたく」と受けることにした。

本宮の経費というものが人界の金銭の流れとどう連動しているのかはよく分からないが、そのあたりは触れてはいけない業界の秘密のようなものかもしれないので、秀尚は気にしないようにした。

「さ、飲もう。加ノ原殿も飲むだろう？」

陽炎がそう言って、秀尚の分も準備していたワイングラスにスパークリングワインを注ぎ始める。

「ありがとうございます、いただきます」

秀尚は料理をテーブルに置くと、三人がけソファーに座している陽炎の隣に腰を下ろす。

「じゃあ、久しぶりのスキーを祝って」

向かいの一人がけソファーに腰を下ろしている冬雪の音頭で、三人は子供たちを起こさないように小さな声で「かんぱーい」と言い合い、ささやかな酒宴がスタートした。

ほどなく、秀尚の携帯電話がメッセージ着信を告げ、見てみると連絡用アプリに時雨からのメッセージが入っていた。

時雨と濱旭はこの休みの間も時々、メッセージをくれていた。

「友達と久しぶりに楽しめた?」「結婚式はどうだった?」というような問いと、二人の夕食事情の写真である。

時雨は「女子会友達に誘われて久しぶりの外食」が月曜で、昨日はコンビニの冷凍食品のパスタとパックのコーンスープにサラダだった。濱旭は月曜は残業だったらしく「会社で食べてる」と大手丼チェーン店のテイクアウト、昨日はコンビニ弁当に惣菜をつけていた。

そして今夜の時雨は「今日は一日、上司について取引先に挨拶に行ってて、三時過ぎに喫茶店でピザトースト食べちゃったから、夕ご飯って感じじゃなくて、一人酒!」というメッセージと共に、日本酒の瓶とコンビニで買ってきたらしい珍味の袋が複数並んだ写真が送られてきた。

「一人酒か……よし」

隣から画面を覗き込んでいた陽炎は、秀尚の手から携帯電話を取ると、慣れた様子で操作し、カメラアプリを立ち上げる。

そして秀尚と肩を組むと、

「はい、チーズ」

と自撮りで写真を撮った。

そしてそれを連絡用アプリに勝手にアップする。

すると、即座に着信音が鳴り、

『ちょっと！　どういうことよ！』

時雨から返信がある。続いて濱旭からも、

『抜け駆けズルイ！』

とメッセージが打ち込まれた。

その間も陽炎はカナッペの写真と、ワイングラスを持つ冬雪の写真まで撮ってアップしていく。

『座標教えなさいよ！　すぐ行くから！』

という時雨からのメッセージの後に、めらめらと燃える炎を出す九尾の狐のスタンプが送られてきて、濱旭からも地団太《じだんだ》を踏む狐のスタンプが送られてきた。

「陽炎さん、二人を煽《あお》らないでください……」

返信を見て笑っている陽炎に、秀尚は冷静に突っ込んでおく。これ以上、ここに人数が増えるのは避けたいのだ。

「悪い悪い、つい面白いかと思ってな。事情説明するか……」

そう言うと陽炎は軽く手のひらを合わせて念を込める。

すると手の間から手のひらサイズの水晶玉が現れた。それにさらに念を込めると、それは十五センチほどの水晶玉に成長した。

その水晶玉をいつの間にか冬雪がテーブルに準備していた台座にセットし、陽炎が呪文を唱えるとそこに時雨の姿が映し出された。

「二人とも元気にしてるか?」

陽炎がにこやかに手を振る。

『元気だけど、元気じゃないわよ!』

『そうだよ! なんで二人とも大将と一緒なわけ?』

時雨と濱旭が交互に水晶玉に映し出され、声も聞こえてくる。

「俺たちが押しかけたわけじゃないぞ? ちょっと事情があってな」

陽炎はそう言うと、子供たちが秀尚を恋しがって、また無理矢理空間を繋いでしまったことを話した。

そして無理に連れ戻しても、秀尚の気配を追うのが容易になってしまっている以上、同じことが起きてしまうだろうし、そうならないように縛の術をかけるのは可哀想だからという話になり、その結果、明日の夜まで子供たちと一緒にここで過ごすことになったのだと説明を続ける。

二人とも、子供たちの話が出た時点で『あー……』と納得した様子を見せた。

『アタシたちだって、秀ちゃんのご飯が恋しいくらいだもの。子供たちなら我慢できないわよねぇ……』

『だよねー』

時雨に続いて濱旭も同意した後、すぐ、

『今日、昼間に着いたんだったら、それからスキーした？　それともスノボ？』

興味津々という様子で聞いてきた。

「子供たちを連れてスキーと、それからソリだな。今日は低地で練習させてたが明日はリフトに乗ってもいいかと思ってる」

「子供は覚えが早いよ、浅葱ちゃんや、殊尋くん、十重ちゃんなんかはもうボーゲンは習得しちゃったからね」

陽炎と冬雪が言う。

『陽炎殿と冬雪殿も、確か結構滑れたでしょう？　滑らないで、ずっと子供たちを見てたの？』

「いや、途中から一人が滑りに行って二人が子供を見てるってかたちにした」

そう言った陽炎の言葉に、

「二人ともめちゃくちゃ滑れて、優雅にパラレル決めて降りてくるしイケメンだし、女の子に写真お願いしまーすなんて言われてましたよ」

秀尚が情報を付け加えると、

『何それ、羨ましい！』

『いやーん、アタシもスキーに連れてってー！』

濱旭は純粋に羨ましがり、時雨は懐かしい映画のタイトルをもじって声を上げる。

「ちょっと二人とも聞いてくれるかい？　陽炎殿、酷いんだよ？　自分だって女の子たちに囲まれてたくせに、僕が女の子たちと話してたら、十重ちゃんと二十重ちゃんに入れ知恵して『ぱぱ、はやくあそんで』なんて言いに来させるんだよ」

冬雪の報告に、時雨と濱旭は爆笑する。

『陽炎殿、さすが！』

『やってくれるわー』

「だろう？」

してやったり、といった様子で陽炎が笑う。

『で、パパ、恋のフラグを折られた気持ちを一言！』

濱旭の言葉に、

「不覚にも、十重ちゃんと二十重ちゃんに『ぱぱ』って呼ばれて、ちょっとときめいちゃってね。まんざらでもなかったよ」

冬雪は苦笑いする。

『そりゃ、あんな可愛い子二人に「ぱぱ」なんて言われたら萌えるわよねー。なんでも買ってあげたくなっちゃう』

そう言う時雨に、うっかり『まま』じゃ？　と突っ込みかけた秀尚だが、時雨は男だと即座にブレーキをかける。

声はしっかり男なのだが、口調と見た目に、つい脳が錯覚を起こしがちである。

『でも、子持ちになる前に、まず恋がしたい』

しみじみ言う濱旭に、陽炎、冬雪、時雨の三人は深く頷く。

「そうだな」

「うん……」

呟いた陽炎と冬雪の二人に、

『シケた顔しないでよ。せっかく雪山にいるのよ！　真冬の恋よ！　ゲレンデが溶けちゃうような恋をしてきちゃいなさいよ！』

時雨が名曲をもじって笑いながら発破《はっぱ》をかけた後、

『ああん、やっぱりアタシも行こうかしら。座標教えて！　アタシがゲレンデ溶かしに行くわ！』


時雨はそう言ったが、ペラペラと手帳をめくった後、

『ああっ！　なんでこんな時に会議入ってるわけ？　もう本当についてない！』

予定のねじ込みが無理で嘆き、

『俺も明日一日社外だよー』

濱旭も嘆く。

「どっちにしても、俺も明後日の昼前にここ発《た》ちますから……」

秀尚が言うと、

『仕方ないわ、大人しくこっちで留守番してるわ』

『でも、お土産奮発してねー？』

『アタシもー！』

時雨と濱旭の二人は諦めつつも、土産についてしっかり言及してきた。

その後もしばらくは喋りながら飲んだが、明日も朝から子供たちとしっかり遊ばねばならないので、いつもより早めに解散した。

後片づけをして寝室に入ると、思ったとおり、狐姿に戻っている子供がいて、起こさないように少し寄せて秀尚と冬雪もそれぞれベッドに入る。

「……陽炎さん、寒くないかな」

リビングに置いてきた陽炎が気になって、秀尚は冬雪に聞いた。

暖房は点けっぱなしにしてあるが、膝かけしかなかったのでさすがに寒いんじゃないかと思ったのだが、

「大丈夫だよ。寒くなれば狐姿に戻るから。この時季、冬毛でもっふもふだからね。この子たちみたいに」

冬雪がやはり向こうでも狐に戻っている子供がいるらしく、笑って言う。

「だったらいいんですけど……」

「陽炎殿のことだから、よっぽど寒くなったらこっちへ無理にでも忍び込みに来るよ」

「ああ、それもそうですね」

大人しくしているはずがないなと妙に納得して、秀尚は眠ることにした。

◆◇◆

翌朝の朝食は、昨日食材をすべて食べきったこともあって、朝から陽炎がベーカリーに行ってパンを買ってきてくれた。

陽炎は昨夜、案の定寒くなったらしくいつの間にか寝室に来て、冬雪のベッドで狐姿に戻ってしまった子供を秀尚のベッドに移してスペースを開け、冬雪と同衾《どうきん》していた。

秀尚がもっふもふな子供たちに囲まれて暑さで目を覚ますと、隣のベッドでスヤスヤしている陽炎と、眠りながらもやや眉根を寄せている冬雪がいて、思わず笑った。

秀尚が洗顔を終えて寝室に戻ってくると、冬雪も起きていて、隣でまだスヤスヤしている陽炎を指差して、

「ほらね？」

と小声で言ってきた。

そしてそれからしばらくして起きた陽炎には、罰ゲームとして朝食のパンを買いに行くことが命じられたのである。

その陽炎は、今日も今日とていくつかのおまけをつけてもらい――「昨日、勧めてもらったパンがとてもおいしかった」と感想を伝えたら、いたく感動してもらえおまけをしてくれたのだと言うが、間違いなくイケメン効果である――そのパンで全員、朝食をすませた。

子供たちは食べ終わると、早くゲレンデに行きたくてそわそわし始めたが、彼らを少し待たせて大人たちは食事会議である。

コンドミニアムのキッチンは狭いので大人数の調理が難しいのは昨日で分かったし、何

より今日の食材がない。

前日のうちに申し込んでおかなければ今日の食材は届かないのだ。

今日注文しても明日になるし、子供たちは今夜、帰る。

「昼食と夕食はレストランっていうのが一番いいと思うんですよね」

「問題は経寿と稀永、寿々だな」

狐姿の三人をレストランに、というのは難しい。

「陽炎さんと冬雪さんに子供たちを連れてレストランに行ってもらって、俺はレストランでテイクアウトできる料理を持ってコンドミニアムで三人と一緒に食べます」

寿々には食べやすいように手を加えねばならないし、それが無難だ。

「いいのかい？　加ノ原くんの負担っていうか……」

冬雪が少し申し訳なさそうに言うが、

「大丈夫ですよ。俺、最初から自炊ご飯のつもりだったんで、それがテイクアウトになる分楽です」

「せめて夕食はみんなでと行きたいところだがな……」

陽炎が腕を組んで言う。

「まあ、それは…次回っていうか、みんなが変化《へんげ》できるようになったら記念にってことで」

「それもそうだね。それまで、おいしいお店探しをみんなでするのもいいしね」

前向きに冬雪がまとめたところで、ゲレンデに行く準備を始めた。

昨日と同じようにスキー板などをレンタルし、昨日よりも本格的にスキーの練習をした。

歩いて少し高いところまで登り、ある程度滑れる浅葱、殊尋、十重を間に挟むかたちで先頭の陽炎の服を掴んでカルガモ状態でボーゲンをしながら降りる。

怖気《おじけ》づいてしまった萌黄は冬雪のスキー板の間に自分の板を合わせる形でコツを教えてもらい、秀尚はソリに座らせた狐姿三人を後ろから紐で引いて速度をコントロールしながら、スキーで滑り降りた。子供が乗っていれば速度管理が難しいが狐姿の三人なら、空ソリと大差がないのでまだ何とかなった。

イケメン二人は今日もゲレンデで注目の的だったが、昨日と違い、子供たちがべったりなので遠回しに二人を見ている女子たちはいるものの、声をかけてくるツワモノはいなかった。

一見すれば子持ちの仲間同士、もしくは子供向けスキー教室のインストラクターだろう。前者なら、声をかけても望み薄だし、後者であれば仕事中に声をかけても、という配慮なのだろうと思う。

――どっちにしてもイケメン爆《は》ぜろ案件だけど。

時雨は『ゲレンデが溶けるような恋』云々言っていたが、子供たちという防波堤のおかげで難しいようだ。

午前中の練習は十一時頃に切りあげ、早めの昼食をとり一旦ゲレンデを後にした。平日とはいえお昼時にはレストランもそれなりに混むので時間を少しずらそうということになったからだ。

予定どおり、陽炎、冬雪はレストランで変化《へんげ》できている子供たちと食事をし、秀尚は事前にオーダーしておいたテイクアウトメニューを持ってコンドミニアムに戻り、狐姿三人と一緒にゆっくり食事をする。

食べ終えて、まったりしているとレストラン組が秀尚を呼びに来て、またゲレンデへと向かった。

午後からはリフトに乗って上に行ってみようということになった。

リフトから下ってくるコースには、スキーエリアにソリエリアが併設されていて、借りたソリも二つともリフトに乗せてもらった。

狐姿三人——係員にはワンちゃんと言われたが——は絶対にリードを外さないことと、リフトに乗る時は大人が抱くことを条件に、今日は人も少ないし、と大目に見てくれた。

初めてのリフトも子供たちは順調に乗り降りできた。

しかし、上からの景色に怖気づいた子供——萌黄と豊峯だ。二十重は冬雪に『僕がついててあげるから頑張ってみよう?』と言われ、頑張ることにしたらしい——はソリエリアからソリで下山することになった。

陽炎と冬雪がスキー組を引率し、秀尚はソリ組の様子を見ながら、狐姿組と共に歩いて降りることになった。

リードを長めにした経寿と稀永は雪にはしゃいで高くジャンプして遊び、寿々はそんな二人の姿に触発されて雪の上を歩きたがったので下ろしてみたが、ジャンプというよりじたばたしているようにしか見えず、そのうち足が冷たくなって秀尚のところに戻ってきて、抱っこをせがむようにして見上げてくる。

しかししばらくするとまた下りて遊びたがって、というのを繰り返していた。

そして真ん中あたりまで降りてくると、

「かのさーん」

頭の上から声がして、見上げると浅葱がリフトから手を振っていた。無事に降りて二周目らしく、隣には十重が座って同じように手を振ってくれる。

その後ろのリフトには陽炎がいて、

「次に降りたら交代しよう」

そう声をかけてくれた。

秀尚が滑ることができないのを気遣ってくれているようだ。

「分かりました」

答えて手を振る。

そうやって交代しているうちに、傾斜に慣れたソリ組がスキーに戻ったり、スキー組がソリで滑りたがったりしつつ全員が順調に滑ることができるようになった。

そうなると、一応子供たちを気遣いつつも、一緒に滑って降りることができるようになった。

寿々は基本的に誰かが抱いて滑り降りることになるが、経寿と稀永はソリ組の誰かと一緒に滑って降りる。

ネットを挟んでいるコースなので、スキーで滑りながらソリ組を見ることもでき、子連れにはいいコースだ。

子供たちが慣れた頃合いを見計らい、もうひとつリフトを乗り継いで、さらに上を目指すことになった。

一応、上級者コースにはなるが、さほど難易度が高いコースではないらしい。ただ、慣れたスキーヤーがスピードを出して降りてくるので、ゆっくりと降りる子供たちには危ないこともあるらしいが、今日は人が少ないから大丈夫ですよと乗せてくれた。

しかし、上級者コースにはソリの持ち込みができないので、ソリは一本目のリフトを降りたところに預け、二本目のリフトに乗った。

だが、二本目に乗ってすぐ、少し風が強くなり始めていた。

とはいえ、心配になるほどの風ではなく、多少時間がかかっても降りるのに支障が出るほどではないだろうと判断して降り始めたのだが、少しすると異常なくらいに風が強くなった。

大人でも怖いと感じる風圧で、このままでは子供たちが飛ばされそうなほどだ。

「みんな集まれ」

陽炎の声さえ、さほど離れていないのに風にかき消されてしまいそうだった。

なんとか集まって子供たちを中心に大人が外を守ってひと塊《かたまり》になる。

狐姿は大人がウェアの中に入れて保護することになり、陽炎が経寿を、秀尚が稀永を、そして冬雪が寿々を保護する。それぞれ一番手近にいた仔狐である。

とりあえず動かないほうがいいという判断になったが、降り積もった雪まで舞い始めるほどの風で、まずスキー板を脱ぐことになった。風で少しずつ滑ってしまうからだ。

脱いだスキー板は冬雪が術で出した紐で縛ってまとめる。

「とうせつさま、ぼくがすーちゃんをだっこします」

冬雪が作業をするのに懐に入れた寿々を気にしているのを気遣って、萌黄が申し出る。

冬雪は一度は大丈夫だよ、と断ったが、この後、スキー板やソリを運ぶことと抱えることを考えると、確かに寿々が懐にいるとやりづらい。

それに気づいた冬雪は、

「萌黄ちゃん、やっぱりすーちゃんをお願いしていいかな?」

そう言って萌黄に寿々を託《たく》した。

萌黄は自分のウェアの前を開け寿々をそこに入れると、寿々の顔が出るようにチャックを開ける。

その間、周囲を見渡していた陽炎が、

「このままだとマズいな……少し風除けができそうなところがある、そこに移動するぞ」

そう言った。

ホワイトアウトしそうな風と雪では移動するのも危険だが、このままでは体力を消耗してしまう。

「みんな、お隣の子とぎゅっと手を掴んで、絶対離しちゃダメだよ!」

秀尚が言うと子供たちはぎゅっと手を繋ぎ合った。

先頭の陽炎が殊尋と手を繋ぎ、そこから子供たちが一列になり、子供たちの最後の実藤の手を秀尚が繋いで殿《しんがり》を務める。

冬雪はスキー板やストック一式を持って秀尚の後に続いた。

そして、雪と風はますます激しくなり、秀尚の目には実藤より前の子供の姿さえおぼろになるほどだ。

それは異常と言っていいほどの事態だった。

それでもなんとか風除けができる場所まで来たのだが、

「……子供たちがいない……」

そこにいたのは、陽炎と手を繋いでいた殊尋、そして秀尚が手を繋いでいた実藤だけだった。それ以外の子供たち——経寿と稀永はちゃんと陽炎と秀尚の懐の中にいるが——寿々を含めた六人がいなくなっていた。

「はぐれたか！」

「ぼく、ずっとてをつないでた！」

「ぼくも、いちどもはなしてない！」

殊尋と実藤が真っ青になって言う。

それは事実だろうと思う。

ここに来た時、殊尋と実藤はぎゅっと手を繋いでいた。

その間にいた子供たちがいなかったように。

そんなことがあるはずがないのだ。

殊尋から実藤まで、結構な距離があったし、少しずつしか進めなくて、前の子供を追い抜くなんてことも不可能だったのだから。

「こんなの、普通じゃない」

胃の下のあたりが底知れない恐怖に冷える。

「ああ。だが、子供たちを探すのが先決だ。気配を探る。はぐれただけなら、この風と雪だ。そう遠くまで行ってないはずだ」

陽炎がそう言って軽く目を閉じ、子供たちの気配を探った。

その様子を秀尚と殊尋、実藤はじっと見守る。

ややあって陽炎は目を開けたが、表情は険《けわ》しかった。

「陽炎さん、子供たちは……」

「おかしい。どこにも気配がない」

「そんなこと、あるわけないだろう？　生きてれば確実に分かるはずだよ」

冬雪が言う。そこに含まれていた『生きてれば』という言葉に不穏なものを感じて、秀尚の喉《のど》が締めつけられそうな感じがした。

「冬雪殿、力を重ねてくれ。二人の目で見ればもっと細かく視《み》える。……なぜか分からんが、いつもより見通しが悪い」

陽炎の言葉に冬雪は頷くと、陽炎と同じように目を閉じた。

しかし、結果は同じだった。

「これは、ちょっと本当におかしいね」

「ああ、異常だ」

「僕、本宮へ戻って応援を頼んでくるよ。雪山での遭難は命にかかわるからね」

「頼む」

陽炎が言うと冬雪はすぐに姿を消した。

「……かぎろいさま、みんな、だいじょうぶだよね？」

「またあえるよね」

殊尋と実藤が泣き出しそうな顔で言う。

「会えるように、頑張る。そのために冬雪殿が手伝いを呼んできてくれるから……少し待っててくれるか？」

大丈夫、とは陽炎は言わなかった。

気軽に言える状況ではないのだろう。

冬雪を待っていたのは十五分ほどだっただろうか。少し風が弱まってきた頃、雪の中に穏やかな光の粒が舞い、冬雪が戻ってきた。

「すぐ来てくれるって」

そう言うと空中に何か文様を描き、それを少し先の雪の上に転写させた。

雪の上に一瞬浮かんだ文様が雪の中に沁《し》み込むようにして消えたかと思った瞬間——その場所を中心にキラキラとした光と雪の結晶が舞った。

——え、ダイヤモンドダスト……？

一定の気象条件下で起こる自然現象ではある。

しかし、そこまで気温は下がっていないはずだ。

しかもその量が尋常じゃない。さらにキラキラの光つきだ。

どう考えても、嫌な予感しかしない。

そしてその予感は当たった。

爆発的な量の光と雪の結晶の華やかな舞いが少しずつ収まるのと同時に、先程の雪の上には背中合わせにすっと立つ、上半分の黒い狐面の金髪の稲荷と、下半分の白い狐面の黒髪の稲荷が見えたからだ。

——子供たちの命が懸《か》かってるこの状況で、お約束の登場？

待ち望んだ応援部隊ではあるが、正直、二人を見る秀尚の顔はチベットスナギツネ状態にならざるを得ない。見てみれば、陽炎も同じような顔をしていた。

しかし、そんな秀尚と陽炎の反応など気づく様子もなく、二人の稲荷は歩み寄ってきた。

「子供たちが消えた、と聞いたが」

そう聞いたのは、金髪の暁闇《あけやみ》である。それに真っ先に口を開いたのは殊尋だった。

「よいぼしおにいちゃん！　みんなをさがして！」

「ぎゅって、おててつないでたのに、いなくなっちゃったの！」

実藤も続けて言い、もう一人、黒髪の宵星《よいぼし》の足に縋《すが》りつく。

宵星は以前、しばらくの間子供の姿で加ノ屋に居候《いそうろう》していたことがある。その時にあわいの子供たちとも一緒に過ごしており、大人の姿に戻ってからも「よいぼしおにいちゃん」と子供たちから慕《した》われていた。

「ああ、みんなを探しに来たんだ。兄貴と、全力を尽くす」

宵星は二人の頭を撫でてから暁闇を見る。

「無論だ」

短く暁闇は返す。

二人は七本の尾を持つ稲荷であり、主に戦闘作戦に特化した数少ない稲荷でもあった。

「天候が悪化して、避難途中に子供たちが消えた。それで間違いないか？」

暁闇が冬雪から聞いた状況を確認した。

「ああ。だが、天候の悪化の仕方も異常だった」

陽炎が短く返す。顔は、チベットスナギツネから元に戻っていた。

「分かった。宵星、おまえはこの地点から下を。俺は上を視る。その後交代だ」

暁闇の言葉に宵星は頷き目を閉じる。

そして数分——二人は同時に閉じていた目を開けた。

「山全体を視たが、雪の上にも下にも、子供たちの気配はない」

「俺も同じだ」

暁闇の言葉に宵星も同意を告げる。

「そんなこと……！　さっきまで一緒にいたんです！　風で飛ばされたにしたって、山から消えるなんて……」

秀尚は思わず食ってかかるように言ってしまった。

「落ち着け。あんたが心配なのは分かってる」

宵星が言いながら、軽く秀尚の肩を叩く。

「すみません……。さっき、冬雪さんが生きてれば気配は分かるって言ってたの思い出して、怖くなって」

秀尚が言えば、

「俺たちを侮《あなど》るな。俺たちの『目』なら死体であろうと見つけ出す」

暁闇が返す。しかし、その中に含まれていた『死体』という言葉に、殊尋と実藤の二人が反応した。

「……まさかみんな…」

「うそ……」

号泣寸前の顔になる。

その二人の前に宵星は座り込んで視線を合わせる。

「だから、落ち着け。死体でも見つけるって言っただろ？　見つけられないってことは、俺たちが視た山の中には、みんなはいないってことだ」

宵星は子供たちのいいお兄ちゃんらしく、諭《さと》すように伝える。その言葉に子供たちは少し希望を見いだした顔をしたが、

「じゃあ、どこにいるの?」

「どこにいっちゃったの?」

当然の疑問を口にした。

それは秀尚たちも持つ疑問だった。

「山全体を視たと言ったが、一ヶ所、視えないし感じない場所がある。暁闇、おまえもそうだろう?」

立ち上がり、宵星が問うと、暁闇は頷き、言った。

「ああ。山頂付近全体だ。ある種の結界は張り巡らされている」

「僅かに、妖の気配があった」

二人の言葉に、秀尚は昨日、スキー場のスタッフが話していた伝承を思い出した。

「昨日、スキー場の人から聞いたんですけれど、山のてっぺんには雪女さんが住んでて、人が来るのを嫌うから近づいちゃいけないって言い伝えがあるらしいんです」

参考になるかどうか分からないが、無関係とも思えなくて秀尚が伝えると、

「その類《たぐい》の妖がいたとしてもおかしくはない」

「少なくとも結界を張れるような存在がいることは確かだ」

暁闇と宵星は頷き合いつつ返してきた。

「どちらにしても、この吹雪が収まるまで待つしかないな……」

宵星は空を見上げて言ってから、陽炎を見た。

「この段差で上からの風は多少防いでいるとはいえ、ちびたちには過酷だろう。何で結界で守ってやらないんだ？」

「怪異交じりの吹雪に思えたんでな。不用意に術を使って力の均衡《きんこう》が破れたら危ないだろう。力加減の見当がな」

陽炎の言葉に宵星は納得したように頷いた。

「暁闇、外結界を俺が。内結界を頼む」

「分かった」

暁闇が返すと、宵星が何かをしたのか、全員のいる周辺の風がやんだ。それからややすると、少し空気が温かくなった。

「これで待つ間、寒い思いはしなくてすむ」

暁闇はそう言って側にいた殊尋の頭を撫でた。

「あけやみさま、ありがとう」

「よいぼしおにいちゃんも、ありがとう」

殊尋と実藤がそれぞれに礼を言う。

「さすが七尾様たちだな」

陽炎が嘆息交じりに言う。

「ここで結界張るのって、陽炎さんには難しかったんですか？」

秀尚が問うと、

「結界を張ることそのものは難しいわけじゃない。ただ、別の守り手の中で不用意に力を使うことは好ましくない。相手に気づかれない程度の力加減ってのの見極めは多少な。俺も、平常心ってわけでもないから余計に」

陽炎が答え、

「今、俺が最初に、気づかれない程度の結界を張った。晓闇がその内側にさらに強い結界を張った。俺の結界は暁闇の力を外に漏らさないようになってる。その中ならある程度力を使っても大丈夫だ」

宵星が付け足した。

「ってなんなく言ってるけど、その力加減が大事なんだよね。内側に張る結界の強さも外の結界の強さとのバランスを考えなきゃいけないし。やっぱり、気心の知れた双子だからこそなのかな」

冬雪が言うのに、暁闇が頷いたが、

「慣れの問題だ。あんたと陽炎殿でも慣れりゃどうってことないだろ」

宵星があっさり兄弟の絆説《きずな》を否定する。

相変わらずの宵星の暁闇への塩対応に、こんな状況だというのに秀尚は少し安心する。

それは、この二人があまり焦っていないことから、行方《ゆくえ》不明の子供たちへの希望を感じたからだ。

——みんな、どこにいるか分からないけど、待ってて。ちゃんと、探しに行くから。

秀尚は胸の中で呟き、早くこの吹雪が収まるようにと願った。

五

十分ほどすると吹雪が収まり、太陽まで顔を見せ始め、まるで先程までの悪天候が嘘のように思えるほどだった。

「僕は、スキー板やなんかを返しに、一度降りるよ。加ノ原くんと、みんなも一緒に部屋に帰って待ってたらどうかな」

冬雪が秀尚と子供たちに声をかけてきた。

その言葉に、秀尚は迷う。

確かに自分にできることは限られているというか、陽炎たちのような力のない普通の人間が一緒にいたところで、むしろできることは何もない。

だが、部屋に戻って待っているのも耐えられそうになかった。

「……何もできないっていうのは分かってるんですけど…、日が暮れるまでは、俺もみんなを探したいです」

時計の針は三時を少し回ったところだ。あと一時間少しすれば日暮れになる。

そんな短時間で何ができるわけでもないが、どうしても、今は部屋にすぐに戻れるような気持ちにはなれなかった。

「まあ、確かに落ち着かんだろうしな。ちびたちはどうする？」

陽炎が殊尋と実藤、そして懐から出された経寿と稀永に問う。

「ぼくも、みんなをさがしたいです」

実藤が目を潤ませながら言えば、他の三人も頷いて口々に『僕も』と訴えてきた。

「分かった。じゃあ、僕は一旦降りるね。返却し終えたらまた上ってくるよ」

そう言って、全員の分のスキー板とストックを縛ってまとめた山を手に取る。

「あ…、やっぱり俺も一緒に」

「気が変わった？」

「いいえ、冬雪さん一人だとそれ、大変ですよね」

重さもかなりあるし、かさばる。それを冬雪一人でというのはかなり酷《こく》だと気づいて言ったのだが、

「ありがとう。でも、大丈夫だよ。術で軽くしてあるんだ。小指一本でスイスイだよ」

冬雪はにこやかに言う。それはそれで、麓に下りた時におかしく——どんな怪力だと——思われそうな気もして問うと、

「こういう手合いの術は、仮に人に見られても、一本しか持ってないように見えるように

なってるから平気だよ」

そう返ってきた。

「あと、一本目のリフト降り場にソリを預けてあるのも忘れるなよ」

陽炎が注意を促す。

「ああ、そうだね。それは、下りのリフトに乗せてもらって下で受け取るよ。じゃあ頑張ってみんなを探してて。僕もすぐに合流するから」

冬雪は言うと軽々荷物を持って下っていく。その背中を少し見送ってから、秀尚たちは行方不明の子供たちを探して、まず山頂に向かうことにした。

スキーのコースから外れると、その先は降り積もった雪をかき分けながら進むしかなくなった。

「もっと一気に術で道を開いたらどうだ？」

先頭の陽炎が術を小出しにしつつ雪をかき分けているのに、暁闇が焦《じ》れて言う。

「そうしたいのは山々だが、無茶をすれば雪崩が起きかねんだろう」

陽炎が返すのに、

「そういえば、術、使って大丈夫なんですか？　さっきは、力加減が難しいって言ってたと思うんですけど……」

だから、吹雪を防ぐのもためらったと話していたはずだ。

「今は大丈夫だ。さっきの悪天候は、怪異交じりだったんでな」

「怪異交じり……」

さっきも同じようなことを聞いたが、その意味するところが秀尚にはよく分からなかった。

「つまり、誰かが術を使ってさっきの吹雪を起こしてたってことだ。その中で新たに術を使うのにはいろいろと気を遣う。だが、今は術の気配はない」

そう説明してくれたのは宵星だ。

「いろいろ、難しいんですね」

「まあ普通の人間は知らなくていいことばっかりだ」

宵星はそう言って笑う。

そのまま雪の中を進み、かなり上ってきたあたりで陽炎が足を止めた。

「……ここが限界、だな」

陽炎の言葉に暁闇と宵星も頷く。

まだ山頂ではなく、上に行くことはいくらでもできそうな場所だ。しかし、

「俺たちは確実にこの先には入れない。加ノ原殿は、どう感じる？」

陽炎が聞いてきた。

秀尚はその先をじっと見てから、口を開く。

「道はあるって、頭では分かるんです。でも、なんとなく『行きたい気持ちになれない』って感じがします」

秀尚の返事に、暁闇が頷いた。

「なかなかの感性だな」

「そうなんですか？　みんなは？」

秀尚が子供たちに聞くと四人とも頭を横に振った。

「なんか、やだ」

「はいっちゃだめみたい」

理由は分からないが彼らも同じらしい。

「結界のある場所っていうのは、そういうものだ。確実にこっちの世界に通じる力を持ってる奴は『入れない』と分かるし、君みたいに普通の人間なら『行きたい気持ち』になることができなくて、入ることをためらう。そういう感覚を持たない鈍感な者のうち、邪《よこしま》な気持ちを抱《いだ》いているものは生贄《いけにえ》コースってこともあるし、純粋な者や七歳以下の子供は迷い込んでも帰ることができるようになってる」

暁闇が説明した。

「七歳以下なのはどうしてなんですか？」

七歳といえば、小学校に上がるくらいの年だと思うが、まさか進学年齢と絡んでいるとは思えなかった。

「数えでの七歳までは神の内だ。こっちの世界と近しい魂だからな」

「ああ…そんな言葉、聞いたことあります。じゃあ、この中には、俺たちは入れないんですか？」

『入れない』と感じてしまっている時点で、無理をして入れば何かが起きるということなのだろう。

「いや、結界の中の者からの招きがあれば入ることはできる。たとえば神社の祭礼の時には普段人が入ってはいけない禁域に入ることがあるだろう？　あれは結界を張った者が入っていいと許可をして招くから入れるんだ」

陽炎が説明した。

「じゃあ、中の人に招いてもらうしかないってことですか？」

でも、どうやって招いてもらうというのだろうか？

秀尚がそう思っていると、

「その前に、中に子供たちがいるかどうか、確認するのが先だな……。宵星殿、頼めるか？　俺には荷が重い」

陽炎がそう言って宵星を見た。

「ああ。暁闇より俺のほうが子供たちとは付き合いが深いからな。少しでも気配を感じられれば誰か分かる」

宵星はそう言うと、近づけるギリギリまで近づいた。

そして軽く目を閉じ、両手で何か形作るように指先を動かし始める。そしてしばらくしてから、

「――いる。複数の子供の気配を感じたが、はっきり捉えられたのは浅葱、それから豊峯だと思う……」

感じ取れた気配を告げる。

「みんないるの？」

「げんき？」

実藤と経寿が真剣な顔で聞いた。

「ああ、無事だ」

その返事に秀尚と子供たちは安心した。

「さて……そうなると、結界主から入る許可をもらわないと、だな……」

陽炎はそう言うと、片方の手のひらを上に向け、それからもう片方の手の人差し指と中指を立てると、軽く念じるように目を閉じた。

すると上を向けた手のひらに小さな光の玉が現れ、その光の玉は狐耳と尻尾を持った、烏帽子《えぼし》狩衣姿の人型の妖精になった。

「かわいい……」

「こびとさんだ」

殊尋と稀永が呟いた。

「これは式神だ。俺の代わりに結界の中へお使いに行ってもらう。さて、頼んだぞ」

陽炎が声をかけると、式神はこくんと頷いて、雪の上に飛び下りると、すーっと結界の中へと入っていった。

その姿は結界の中に入ってしまうと同時に消える。

「しきがみさん、いなくなっちゃった！」

実藤が慌てたように言い、陽炎を見上げる。

「大丈夫、消えてない。見えなくなっただけだ。さて、返事がもらえるまで待つか……」

確かにすることはなく、ただ待つしかないのだが、子供たちがどうしているのかを考えると待つ時間が酷く長く思えた。その時、

「ああ、やっと追いついた」

レンタル用品を返却に行ってくれていた冬雪が戻ってきた。

「お疲れ様です」

「ありがとう。それで、今、どういう状況か教えてもらっていいかな」

冬雪が問うのに、

「子供たちはこの結界の中にいる。今、結界主に入らせてもらえるように式神を送って返事待ちだ」

陽炎が状況を説明する。

「ってことは、さっきの吹雪も結界主の仕業《しわざ》ってことになっちゃうかな……」

少し難しい顔をして冬雪が言う。

「十中八九、そうなるだろうな」

「どうやら、厄介な展開になりそうだ」

陽炎に続いて宵星が言った時、結界の向こうから陽炎の式神が、同じくらいの大きさの、銀糸の雪の結晶の刺繍《ししゅう》が施《ほどこ》された着物を纏った、銀色の髪を後ろで一つに結わえた少女の式神の手を引いて戻ってきた。

「お、結界主からの式神が一緒に来てくれたな」

陽炎はそう言うと、少女式神の前に片膝をついた。

「式神殿、俺は稲荷の神使、陽炎と言う。先程の使いの者が伝えたとおり、結界の中にうちの仔狐たちが入り込んでしまっているようだ。無礼のほど誠に申し訳ない」

丁寧《ていねい》に名乗り、事情を改めて話し、謝罪をする。それに少女式神が答えた。

『丁寧なご挨拶、ありがとうございます。少しお話ししたいことがございますので、結界の中にいらしていただけますでしょうか。式神に案内をさせますので、こちらにお越しください』

少女式神はそう言ってぺこりと頭を下げると、踵《きびす》を返す。その彼女と陽炎の式神は再び手を繋いで、結界の中に戻っていく。

「……陽炎殿の式神、もうガールフレンドを見つけたみたいだよ」

呟いた冬雪に、

「言うな…、今一番ショックを受けてるのは俺だ……」

自分の式神にすら先を越されたショックに、陽炎は肩を落としながら、式神たちの後を追い結界の中に入る。

それに秀尚たちも続いた。

結界の中は外よりも深い雪で、道の両サイドは完全に雪の壁だ。

だが少し行くと開けた場所へと出て、そこには壮麗《そうれい》な雪の館が現れた。

整えられた庭には氷の像も飾られているが、それとは対照的に雪を纏いながら真っ赤な花をつける椿《つばき》の花と、葉の濃い緑が美しかった。

その中、先程の式神をそのまま成長させたような十代後半に見える美少女が立っていた。

「ようこそ、お越しくださいました」

少女はそう言ってぺこりと頭を下げる。

「こちらこそ、お招きいただき礼を言う」

陽炎も同じように頭を下げる。

「君が、この結界を支えてる……俗《ぞく》に言う雪女さんだと思っていいのかな？」

冬雪が問うと、少女は頭を横に振った。

「いえ、私は下仕《しもづか》えのもので、紗雪《さゆき》と申します。我が主は雪櫻《せつおう》様、このあたりを治めておいでになります」

「紗雪殿、それでうちの子供たちなんだが……今どこに？」

陽炎が核心に触れる。それに紗雪は一度きゅっと唇を噛《か》んだ。

「立ち話もなんですから……館の中へ……」

どうやら長い話になりそうだ、とそれぞれ思いながら招かれるまま館の中に入った。

外の様子から、中も雪造りに氷の調度類かと思ったのだが、中は普通の家——というか屋敷だ——と変わりなく、木の柱に床、畳だった。

とはいえ、暖房的なものは一切なさそうである。

とりあえず一室に通され、そこで説明がされた。

「雪櫻様には六人のゆきんこ様がいらっしゃるのです。そのゆきんこ様が数日前からお姿が見えず……。冬以外はこの結界の中にしかおいでにならないゆきんこ様たちですので、お帰りが少し遅くなったり、遠出をしてしまわれても雪櫻様は大目に見ておいでだったのですが……まったく気配が掴めないことにお気づきになってとても心配を……」

「天気が悪くなったのはそれが原因かい？」

「はい。……それで、自ら外へ探しにおいでになり、少し前ゆきんこ様が見つかったと言って六人のお子を連れてお戻りになったのですが……」

言いづらそうに紗雪が言う。

「あー、それがうちの子たち、と」

「はい……」

申し訳なさそうに紗雪が認める。

「え、ちょっといいですか？」

その中、秀尚は手を上げて発言しようとした。

「はい。なんでしょうか？」

「えっと……俺の知ってるゆきんこちゃんと違ってたらアレなんだけど、ゆきんこちゃんって、こんくらいの小さい子だっていう認識なんです、俺」

秀尚は萌芽の館で冷蔵庫と冷凍庫を管理してくれているゆきんこたちのサイズを思い浮かべ、手で指し示す。

「それで、間違いございません。こちらのゆきんこ様たちもそのくらいの背の高さです」

紗雪があっさり認める。

「……間違えて連れ帰ったにしては、無理のあるサイズじゃないです？　うちの子たち、この子たちくらいの大きさなんですけど」

秀尚は自分の隣にずらっと並んで座る子供たち四人に視線を向ける。

秀尚の言葉に、陽炎、冬雪、暁闇、宵星は、ハッとしたような気配を見せ、紗雪は非常に気まずそうな顔をして、口を開いた。

「……雪櫻様は心配のあまり精神状態があまりよくなく、そちらのお子様たちをゆきんこ様と勘違いなさっておいでなのです」

「勘違いできるサイズを越えてる気もするんですけど……」

「その……こう申し上げていいか分からないのですが、頭数さえ合っていれば大丈夫なようで……」

紗雪の言葉に、微妙な沈黙が横たわる。

「私も、驚いたのです！　どう考えても、間違えようがないと普通であれば分かります！ですが、雪櫻様はお子様たちを離そうとされず、今は奥の私室にお子様たちと共に籠《こも》ってしまわれて……」

「こりゃ、厄介なことになったたな……」

陽炎が大きく息を吐き、言った。

「申し訳ありません」

謝る紗雪に、

「君のせいじゃないよ。君は、雪櫻殿が子供たちを連れ帰った時にすぐに異変に気づいてくれたんだろう？」

すぐさま冬雪が慰める。

「ですが、何もできず、手をこまねくばかりで……」

紗雪は強く眉根を寄せた。その紗雪に、

「とりあえず、確認するが、子供たちは無事なのか」

暁闇が聞いた。

「はい。ですが、今は、と言ったほうがよいかもしれません」

「険呑《けんのん》だな」

「雪櫻様は雪女。当然のことながらお部屋もお子様たちには寒すぎるのです。あまりの寒さに耐えられなくなる可能性も」

紗雪の言葉に、

「え、それヤバいじゃん」

思わず秀尚は言った。

「……みんな、あぶないの？」

心配そうに実藤が秀尚を見る。あとの三人も心配そうだ。

「気軽に、大丈夫、とは言ってやれない感じだな」

腕を組み宵星が言う。

「とはいえ、無理に引き離してしまえば、雪櫻様がゆきんこ様がいなくなった悲しみで先程よりももっと酷い雪と風を……」

「あれ以上の激烈な吹雪か……災害発生の可能性もあるな」

陽炎が難しい顔で言う。

「もしくは、お倒れにでもなって力が弱まれば雪崩の可能性も……」

「どっちにしても、被害甚大だな」

暁闇の声も少し苦いものが混じっていた。

「とにかく、いなくなっちゃったっていうゆきんこちゃんを探してあげないと。ゆきんこちゃんたちが帰ってくれれば解決する話なんですね？」

秀尚はなんとか前向きに考える。

「まだ無事でいればいいが……」

「雪櫻殿が山を探して気配がなかったっていうんなら、山にはいないということだろう。山以外となると、かなり厄介だぞ。もし街に下りていて、うっかり室内に入り込んだら室温でアウトだ」

宵星と陽炎の言葉に、秀尚はゆきんこたちが熱に極端に弱い、ということを思い出した。

萌芽の館のゆきんこたちも、冷蔵庫に一日以上入れておくのは危険で、交代させて冷凍庫に戻さねばならないのだ。

「でも、このまま探さないってわけにはいかないし……。子供たちだってこのままにはできないです！」

秀尚は言った。

ずっと子供たちを、雪櫻のゆきんこの身代わりにはできないのだ。

「確かにそうだよね。僕たちは子供たちを守るって任務でここに来てるんだし……」

冬雪が言う。そして暁闇と宵星は何やら二人で目配せをして確認し合った後、

「ゆきんこの捜索は俺たちが引き受けよう」

「人の目を忍んでことを行うのは、俺たちのほうが向いている」

そう言った。が、

——人の目を忍んで……？

宵星はまだ分かる。

だが、暁闇が「人の目を忍ぶ」？

常に派手な登場をしているような暁闇には一番そぐわなそうな言葉だと秀尚は密かに思う。

「君、何か失礼なことを考えているだろう」

しかし、暁闇が見抜いたように秀尚を見て言った。

「いえ？　全然？　心強いなぁって思ってましたよ？」

「まぁまぁ、実際、七尾の二人が手伝ってくれるなら心強いよ。じゃあ、僕たちはここにいる子供たちをなんとか雪櫻殿から離せないか考えよう」

冬雪がうまくまとめる。その流れに、

「本当に、申し訳ありません」

紗雪が深く頭を下げた。

「紗雪殿、君の責任じゃないから、そう自分を責めないで」

冬雪が優しく声をかける。顔を上げた紗雪の目には涙が浮かんでいた。

「とりあえず、俺たちは捜索に出かける。こっちのことはおまえたちに任せた」

宵星が言って立ち上がり、同じく暁闇も立ち上がると、そのままスッと姿を消した。

「さて、任されたものの、どうする？」

陽炎の言葉に、一列に並んでいた秀尚たちは軽く円座に座り直して作戦会議である。

「とりあえず子供たちが寒い思いをしてるなら、温めてあげなきゃと思うんですよね」

「でも部屋の温度は上げられない、よね？」

冬雪が紗雪に確認する。

「はい。申し訳ありません……」

「じゃあ、子供たちに温かい服を準備するか……」

陽炎の案に秀尚たちは頷く。

「でも体が冷え切ってるなら、一度、体自体を温めてあげないと……お風呂ってありますか?」

秀尚が問うと、紗雪は少し考えた。

「あるにはあるのですが……水風呂しか」

「うん、ますます冷えそうだね」

「となると……温まりそうなご飯作って食べてもらうか」

体の中から温めるしかないだろう。

「料理できるところはありますか?　火を使っても大丈夫なところ」

「それはあります。お客様をお招きする時にはお料理をしますから……」

「じゃあ、そこをお借りします。えーっと食材の準備なんかもお願いしたいんですけど」

「もちろんです!」

紗雪が元気よく答える。

何もできないことを悔《く》やんでいた分、少しでも手伝えるのが嬉しいようだ。

「でも、どうやってご飯を食べさせるんだい?　雪櫻殿が子供たちを部屋から出さないんだろう?」

冬雪が根本的なことを聞いてくる。それに秀尚は、

「替え玉作戦です」

さらりと言った。

「替え玉？」

「だって、ゆきんこちゃんとうちの子たち、全然違うのに間違うレベルで錯乱してるんですよね？　だったら、頭数さえ常に合ってれば大丈夫ですよ。なので、ここにいる四人とローテーションを組んで交代させていけばいいんです」

秀尚の言葉に、

「おまえさん、結構大胆なことを言い出すな……」

さすがの陽炎も驚いた様子を見せる。

「見抜かれちゃったらおしまいですけどね。でも、やってみないことには分からないし、このままってわけには絶対いかないし」

秀尚はそう返してから、付け足した。

「ただ、一つ問題があるんです」

「なんだ？」

「俺、明日の昼にはコンドミニアムを出て帰ることになってるんで、そういう時間の制約があるってことです。それまでにここのゆきんこちゃんたちが見つかってくれればいいんですけど」

さすがに二十四時間を切っているので難しいかもしれない。

「まあ、一旦離脱した後、俺が加ノ屋に戻ってからもう一回ここに繋いでもらうってのもありですし、館へご飯送ってるみたいに加ノ屋からここにご飯送るってのもできるとは思うんですけど……」

秀尚のその言葉に、

「ああ、そのことなら安心して。ここはあわいの地と同じように異空間だから、時間の流れはあるようでないんだ。前と違って、加ノ原くんを戻す座標はちゃんと管理できてるから、ここを出る時、入った時の時間軸に戻すよ」

冬雪が説明した。

「そうなんですね。前は大変だったから……」

以前、秀尚があわいの地に迷い込んだ時は、秀尚が存在する時代と場所への座標を合わせるのに四苦八苦したのだ。

なかなか自分のいた場所に戻れず、バブル期の日本に戻されそうになったり、海外に戻されそうになったり、あげくものすごく近い時間帯ながら、銭湯の女風呂に飛び込まされそうになったり、いろいろあった。

「同じ轍《てつ》を踏むような真似はしないさ」

陽炎が笑って言う。

それに秀尚は頷き、

「それじゃあ、いっちょ頑張って料理をしますか！」

そう言って立ち上がった。

六

「皆、随分とおとなしいですね。お外で遊びすぎて疲れてしまいましたか？」

銀色の長い髪に雪のように白い肌、それとは対照的な血のように赤い、形のいい唇をした美しい雪女が、子供たちに優しく声をかける。

「うん…ちょっと、つかれちゃった」

十重が言うのに、みんな頷く。

誰かと勘違いされていることに、みんな気づいていた。

だが、勘違いであることに気づかれたらどうなるか分からないので、とりあえず話を合わせることにした。

「待ちに待った冬ですから、お外で遊ぶのを咎めはいたしませんが、あまりお母様を心配させないでくださいね。あなたたちがいなくなってしまったかと、お母様は生きた心地がいたしませんでしたよ」

柔らかく微笑んで、雪女——雪櫻は十重の頭をそっと撫でる。

触れる手は冷たい。

けれどとても柔らかで、優しかった。

「あらあら、末姫《すえひめ》はもう寝てしまっているのね」

雪櫻が萌黄の抱いている寿々へと手を伸ばす。

「す、すーちゃんは、ぼくがだっこしてます。すーちゃんと、いっしょがいい、です」

萌黄の言葉に雪櫻はそっと指先で寿々の頭を撫でた後、

「五姫《いつひめ》はよく末姫の面倒を見てくれるいい子ね。お母様は嬉しいですよ」

萌黄にも優しく声をかける。

そう、彼女は優しいいし、怒ったりもしない。

きっと、悪い人ではないと思う。

ただ、寒くて仕方がなかった。

このままでは凍《こご》えてしまうかもしれない。

狐の姿に戻って身を寄せ合ったとしても、限界があるだろう。

『ずっと、このままなのかなぁ……』

雪櫻に聞こえないくらいの小さな声で、心細そうに二十重が呟く。

『そんなことないよ！　かぎろいさまも、とうせつさまも、かのさんも、みんなさがしにきてくれるよ』

浅葱がすぐに返す。

確信があるわけではないが、そう信じたい。

以前、薄緋と寿々がいなくなった時は、みんなが一生懸命探してくれた。

今回だって、自分たちがいないことに気づけば、探してくれるはずだ。

『でも、みつけてもらえるまえに、ぼくたち、こおっちゃうかも……』

あまりの寒さに豊峯が半泣きになる。

その豊峯を浅葱はぎゅっと抱いた。

『ぎゅーってしてたら、さむくない。だいじょうぶ』

そう言う浅葱も、本当は寒いし、怖い。

心細くて仕方がなくて、泣きたくなる。

けれど、泣き虫な萌黄が寿々を心配させないようにぎゅっと口を一文字にして、胸に抱いたまま一生懸命守っているし、十重と二十重も頑張っている。

だから、自分も頑張らなきゃいけないと思うのだ。

けれど、寒い。

本当に寒い。

また心細さが襲ってくる。

その浅葱の手を二十重がぎゅっと握ってくる。

それに浅葱が頷き返した時、

「雪櫻様、少しよろしいでしょうか」

部屋の外から声が聞こえた。

ここに連れてこられた時に、浅葱たちを見て驚いた顔をしていた少女だろう。

「紗雪、どうしたのです？」

雪櫻の声に部屋の襖が開かれ、紗雪が入ってくる。紗雪はなぜか襖を開けたままにして、雪櫻に歩み寄った。

「今夜の夕餉《ゆうげ》のことなのですけれど……」

紗雪が雪櫻と話していると、開いたままの襖からこっそり、殊尋、実藤、経寿、稀永が入ってきた。

「……！」

入ってきた四人に浅葱たちが驚き声を上げそうになる。

それに慌てて殊尋と実藤は指の前に人差し指を当てて『しー』のポーズを作り、経寿と稀永は両手で口を押さえた。

そして唇の動きだけで『よにん、こうたい』と伝える。

全員ではなく、四人。

寒いのはみんな同じだ。

だからみんな交代したい。

けれど、二人は残らなければならない。

幼い寿々は交代させてやりたい。そうなれば寿々を抱いている萌黄も一緒だ。

あと二人、誰が交代するのか。

浅葱が『ぼくはのこる』と言いかけたその時、二十重が浅葱の手を離して頷き、十重の側に寄り彼女の手をぎゅっと握った。

十重は雪櫻の一番側にいる。十重が動けば、雪櫻に気づかれるだろう。

つまり、十重と二十重が残るという意思表示だった。

それに浅葱と豊峯は泣きそうになるが、その二人に殊尋と実藤が頷き、こっそり胸元から個包装の使い捨てカイロを取り出した。

残る十重と二十重にはとりあえずカイロで凌《しの》いでもらうのだろう。

――すぐ、もどるから。

浅葱たちは唇の動きだけで十重と二十重にそう伝え、四人と交代して外に出た。

部屋の外、廊下の先には陽炎が待っていた。

それだけで、浅葱、萌黄、実藤の三人の目から涙が溢れる。

その三人に、やはり陽炎は唇の前に指を立てて『静かに』と促しながら呼び寄せる。

そして足早に近づいてきた彼らの前で足を折り、陽炎は三人を強く抱きしめた。

「みんな、よく頑張ったな」

「「「がぎろいざまぁぁぁ」」」

三人は濁音《だくおん》つきで号泣する。

「本当によくやった。加ノ原殿が温かいものを準備してくれてるからな、行くぞ！」

陽炎に手を引かれ、連れていかれたのは土間になっている厨に面した部屋だった。

そこから見える厨には秀尚と冬雪がいた。

「四人とも、寒かっただろう？　加ノ原くんが作ってくれたよ」

土間横の座敷に立ち並ぶ四人に、冬雪が粕汁の載ったお盆《ぼん》を運んでくる。

「すぐにあんかけうどんもできるから、待ってて」

秀尚が言うのに、泣きやみかけていた子供たちの涙腺が再度決壊する。

「さあさあ、泣いてばかりいないで、食え」

冬雪からお盆を受け取った陽炎が、座敷のちゃぶ台に粕汁のお椀《わん》と箸を置く。

「ああ、萌黄、寿々はこっちで預かろう。寿々には別の食事を準備してるからな」

そう言って陽炎が萌黄から寿々を預かると、子供たち三人は粕汁に飛びついた。

そして一口飲むなり、

「「「あったかい……！」」」

心底ほっとした様子で言う。

その様子に秀尚たちも安心した。

一杯目の粕汁はあっという間に飲み干され、おかわりと同時にでき上がったあんかけうどんを出す。

ねぎ、ニンジン、ゴボウ、卵といった体を温めるといわれる食材を具材に、普段は子供たちには少し刺激が強くて不評な生姜《しょうが》も、体を温めるために少し入れて作った。

幸い、生姜は気にならなかったらしく、子供たちが夢中になって食べている間に紗雪も部屋から戻ってきた。

「雪櫻殿の様子は？　子供たちが入れ替わったのに気づきそう？」

冬雪が問うのに、紗雪は頭を横に振った。

「いえ……、大丈夫です」

だが心配そうな顔だ。

無理もない。

裏を返せば子供たちの交代にすら気づかないほど、まだ気持ちが落ち着いていない状態ということなのだから。

「そんな顔をしないで。ゆきんこちゃんたちも、手を尽くして探してるから」

慰めるように冬雪が言うのに、紗雪は頷いた。

「すみません、こちらの事情に皆さまを巻き込んでしまって」

謝る紗雪に、

「おねえちゃんのせいじゃないよ！」

「だいじょうぶ！　もうからだ、あったかくなったから」

「ぽかぽかです」

豊峯、浅葱、萌黄が次々に言う。

自分たちも大変な状況だったというのに、本当に優しい子たちだと秀尚は思う。

「おまえさんたち、ちょっと聞きたいんだが、なんでここに来ちまったんだ？　誰も手を離さなかっただろう？」

それに豊峯と萌黄は頷いた。

だが、殿《しんがり》だった秀尚の前にいた実藤と手を繋いでいた浅葱は、

「ぼくのて、きがついたら、さねふじちゃんとはなれてた……」

ショボンとした顔で言う。

その実藤は一度も手を離していないと言っていた。なのに、実藤の手は浅葱ではなく殊尋と繋がれていたのだ。

「確か殊尋と手を繋いでたのは、十重だったか？」

「うん。でも、とえちゃんもきがついたら、ゆきおんなさんと、おててつないでたみたい。ことちゃんじゃないっておどろいてたもん」

豊峯が言う。

「気がついたらここだったのか？」

「うん。ゆきのなかをいっしょうけんめいあるいて、ゆきがやんだとおもったら、ここのおにわにいた」

「つばきのおはなが、きれいでした」

浅葱と萌黄が続けて答える。

「たまたま目についた六人をってことかな？」

首を傾げた冬雪に、

「多分、ですが……」

紗雪が控えめに口を開いた。

「こちらの小さな方を、末姫様だと思われたのかもしれません。ゆきんこ様の末姫様は、まだ幼くていらっしゃるので……。この方の前後五名を、お連れになったのでは、と」

そう言われればなんとなく納得がいった。

「じゃあ、すーちゃんもこの後、ローテーションで部屋に戻したほうがいいかな……。小さいからできるだけ戻さないほうがいいんじゃないかなと思うんだけど」

秀尚が悩みながら言う。

他の子供たちが寒い思いをしてもいいというわけではない。

単純に赤ちゃん狐の寿々には、耐えられる範囲が彼らよりももっと狭いのが心配なのだ。

「……大丈夫じゃないか？　今、寿々がいなくても気づいてないなら。戻すにしても、マメに連れ出して戻してってことになる。出入りを繰り返す回数が増えれば、余計に怪《あや》しまれるだろう」

陽炎も思案《しあん》顔で言う。

「そうだね……。じゃあ、すーちゃんはこのままここに残ってもらうことにして、まず、誰か二人、十重ちゃんと二十重ちゃんと交代しに戻ってくれる？」

冬雪が言うと、浅葱が真っ先に挙手した。

譲ってくれた十重と二十重に、早く温まってほしかったのだ。

それに続いて手を開けたのは萌黄だ。

「あさぎちゃんといっしょにもどります。…とは、すーちゃんをおねがいします」

双子の片割れとして、浅葱一人を戻すわけにはいかなかった。そこで萌黄は大事な寿々の世話を豊峯に託した。

「わかった、すーちゃんのおせわ、がんばる！」

豊峯が力強く頷く。

そして、一足先に戻ることを決めた浅葱と萌黄に陽炎が準備していたものを取り出した。

「とりあえず、一度服を脱いで、これを最初に着るんだ」

そこにあったのは、発熱素材でできた防寒肌着の中でも極厚のものだった。それを着用させた上で今まで着ていたものを順に身につけさせ、背中とお腹に使い捨てカイロを貼り、さらに二重にした靴下の一枚目に靴下用のカイロを貼る重装備である。

「あたたかい！」

「ぽかぽかします……！」

浅葱と萌黄の二人は目を輝かせる。

「じゃあ、十重と二十重と交代しに行こうか」

陽炎の言葉に二人は頷いた。

「……ふたりとも、がんばって！」

豊峯が送り出すのに、浅葱と萌黄は手を振って雪女の部屋に戻っていった。

そして、しばらくしてから、

「「かーのーさーん！」」

小走りにやってきた十重と二十重も、号泣しながら粕汁を飲んで、あんかけうどんを食べた。

「みんな、本当によく頑張ったね」

とりあえず子供たち全員に食事を出したので、秀尚も土間脇の座敷に腰をかける。

「さむかった」

「こごえちゃうかもっておもったら、ことちゃんたちがきたの」

「怖くはなかった？」

問う秀尚の言葉に二人は頷く。

「ゆきおんなさんは、おててとかつめたいけれど、すごくやさしいの」

「いっぱいあたまをなでてくれるし、わらって、おはなししてくれるの」

子供たちをうっかり間違えて連れてきてはしまったが、子供思いのいい人であることは間違いないらしい。

十重と二十重が食べ終えた頃、冬雪がお湯を張ったタライを持ってやってきた。

「お風呂は難しいけど、足湯はどうかな。これだけでも違うと思うから」

そう言うと、土間から座敷へ上がるための石段の上にタライを置いた。

十重と二十重は座敷のヘリに腰を下ろし、靴下を脱いで足を湯に浸《つ》ける。

「あったかい……」

ふたりは、ほわっと、強張りが解けたような声を出した。

「豊峯くんは、少し待ってて。交代で足湯にしよう」

タライのサイズ的に二人が限界なのだ。それに素直に豊峯は頷く。

「れでぃーふぁーすとっていうんでしょう？」

そう返す豊峯に、

「豊峯くんは立派なジェントルマンだね」

冬雪が言って頭を撫でる。

――そう言う冬雪さんは、立派なタラシですけどね。

密かに秀尚は思う。

カイロは長時間もつと言っても、三時間から四時間くらいで子供たちを交代させたほうがいいだろうということになり、大体その程度の時間を目安にお手洗いに立たせ、入れ替わらせる作戦を取った。

戻ってくる子供たちには、とにかくすぐ温まってもらうために、甘酒や生姜湯などと共に、やはり料理も準備する。

その料理は当然、秀尚たちの食事でもある。

「あー、うまい。おまえさんの料理はどこで食べても本当にうまいな」

陽炎がご満悦な様子で、厨の隣の座敷で鶏肉のクリーム煮を食べながら言う。

「かのさんのごはん、いつもおいしい！」

そう言うのは、交代で出てきた実藤だ。殊尋と稀永も出てきて、十重、二十重、豊峯が戻った。

寿々は借りた籠の中で、陽炎が持ってきた小さい湯たんぽに体を預けてスヤスヤおやすみである。

「向こうのお部屋、寒くなかったかい？」

冬雪が問うのに殊尋が頷く。

「かいろ、たくさんつけてるから、ぜんぜんさむくないよ」

カイロをつけることのできない、狐姿のままの稀永と、ローテーションの関係でまだ部屋に残っている経寿は、誰かの懐に順番に入れてもらっていて、入るほうも入れるほうもどっちもぬくぬくらしい。

「加ノ原殿、お野菜切れました」

話を聞きながら、料理をしている秀尚に、紗雪が声をかけてくる。

彼女も料理の下ごしらえを手伝ってくれていた。

「ありがとうございます」

「これで、よかったですか？」

「ばっちりです、助かります」

食材は紗雪も準備してくれたが、基本ここで作るものは常温で食べるものや冷えたものが多いため、秀尚が使いたい食材がなかったりする。

そういったものは陽炎と冬雪が本宮の厨から取り寄せてくれた。

それらを使って秀尚はいつもどおり腕を振るっているのだが、紗雪が手伝いを申し出てくれたのだ。

とはいえ、彼女は雪女の下仕えだ。

火を使う調理をする場所に長くいないほうがいいのではないかと思ったのだが、

「温かいものを摂取したり、そこに浸かったりしなければ大丈夫です。一族以外のお客様がいらっしゃる時には火を使う料理も多く作りますので」

ということなので、頼むことにした。

「はい、ゴボウと鮭の甘酢あん」

そう言って座敷へと運ぶと、冬雪が受け取り机の上に置く。すると、一斉に箸が伸びた。

「うん、これもおいしい！」

「こう、うまいものばかり並ぶと酒が欲しくなるな……」

しみじみ、陽炎が言う。

「この状況で言います？」

秀尚は少し呆《あき》れた、といった様子で返す。

いくら子供たちの安全がある程度確保できたとはいえ、まだこの先の展開がまったく読めないのだ。

その状況で酒を所望してくる通常運転っぷりにどうかと思ったのだが、

「地酒でよろしければお持ちいたしましょうか？」

紗雪が言った。

「地酒！　いいねぇ。頼めるかい？」

陽炎が断るわけもなく、紗雪はすぐに厨の隣にある食材庫に行き、五合瓶を取ってきた。そしてお猪口《ちょこ》も準備をし、座敷へと持っていく。

「こちらでよろしいですか？」

「ありがたい。遠慮なくいただこう」

受け取った陽炎が酒瓶を開け、自分と冬雪のお猪口に注ぐ。

そして二人ともささやかに乾杯し、最初の一杯を干した。

「うまい！」

「お米のおいしいところはお酒もおいしいって印象があるけど、そのとおりだね」

二人が満足そうに感想を言い合う。

「うまい酒となれば……この酒にぴったりのつまみも欲しくなるってもんだよなぁ」

お約束な流れに、

「そこに並んでるの食べて、お酒が欲しくなったんでしょう？　これ以上我儘言わないでください」

秀尚は言いながらも、この流れになることは分かっていたので、すでにつまみを作り始めていた。

薄く切った大根に軽く塩をまぶして、しんなりとするのを待つ。そしてしんなりとしたそこに、末広形の手巻き寿司の要領でイクラを入れて巻いたり、きゅうりとカイワレ菜を入れて巻いたりする。

それに合わせて、箸休めに準備しておいた春菊のクルミ和えを添えて出す。

「さすが加ノ原殿、冷たいことを言う裏でのこの優しさ」

「ツンデレっていうんだっけ？」

陽炎と冬雪が出されたつまみを歓迎する。

「出さなかったら、出すまで言うくせに」

秀尚は笑って返しながら、別の皿に準備したセットを配膳台に置いた。

「紗雪さんもよかったらどうぞ。これなら冷たいものだから食べられると思うんですけど」

そう言うと、紗雪は驚いた顔をした。

「私に、ですか？」

「あ、食べない派の人だったらすみません」

「いえ、そうでは……。すみません、私にまでお気遣いいただいて……いただきます」

紗雪はそう言うと、じっとつまみを見た。

「おダイコンからイクラの赤い色が透《す》けて、綺麗ですね。食べるのがもったいないので、先にこちらをいただきます」

紗雪はそう言って、春菊の和え物を先に口にする。そして数回咀嚼《そしゃく》した後、ぱぁっと笑顔を見せた。

「おいしい……！　初めていただく味です！」

その様子に、

「やっと笑ったね」

冬雪が声をかけた。

それに紗雪は「え？」という様子を見せた後、恥ずかしそうに俯いた。

責任を感じてのことだと思うが、紗雪は献身的《けんしんてき》に手伝ってくれる中、少し微笑む程度のことはあったものの、こんなふうに笑うのは確かに初めてだった。

冬雪は、紗雪のそんな様子を気にかけていたのだろう。

「すみません、私…」

「謝ることはないさ」

「そうだよ、おねえさんはわるくないもん」

「ゆきおんなさんもやさしいひとだもん」

「いっぱい、なでてくれたよ！」

実藤、殊尋、稀永の三人も紗雪に言う。

それに紗雪は「ありがとうございます」と言った後、

「これ、雪櫻様にもお出ししたいのですが……」

遠慮がちに聞いてきた。

「あ、結構作っちゃったんで残ってるから大丈夫ですよ。っていうか、雪櫻さんのご飯、すっかり忘れてた。いつもって何を食べてるんですか？」

秀尚が問うと、

「お食事が必ず必要というわけではない方ですので……普段は常備菜にご飯、時折御酒をお召しになる程度です。ただ、ゆきんこ様のお姿が見えなくなってからは何も……」

紗雪が答える。

「じゃあ、今作ったこの大根と、春菊と……確かさっきエビとイカがあったからボイルしてシーフードサラダ…いや、素麺《そうめん》があったからサラダ麺にして」

食材を見ながら秀尚は別の料理も作り始める。

それを紗雪は興味津々で見ながら、

「この春菊のお浸しの作り方も後で教えていただけますか？」

秀尚に問う。

「もちろんです」

答えながら秀尚は調理を続ける。

沸かした湯で素麺を茹でながら、もうひとつの鍋で殻を剥いたエビとイカをボイルする。

その間に出汁と醤油、みりん、砂糖を合わせて作っためんつゆに胡麻味噌を合わせて胡麻ダレを作る。

茹で上がったエビとイカを冷やし、素麺もしっかり冷水で冷やしながらぬめりを取る。

素麺を流線型を描くようにして盛り、そこにエビとイカをトッピングして、一口大程度に手でちぎったサラダ菜を添えた。

「主食を兼ねてこんな感じかなぁ……」

「彩《いろど》りが綺麗……」

紗雪は感動したように言う。

褒められると悪い気はしないと言うか、嬉しい。

「あと、ちょこちょこっと、紗雪さんが作ってくれてる常備菜も小鉢に盛って……御膳の完成」

小食な女性向けの御膳を作り上げると、紗雪は目を輝かせた。

「盛り方が素敵ですね」

「過分に褒められてるなぁ。いい器が揃ってるからなんですけどね。……じゃあ、これ、持っていってもらえる？」

秀尚が言うと、紗雪は今までより、幾分か軽い足取りで雪櫻の部屋に向かった。

「紗雪ちゃんって健気《けなげ》でいい子だよね」

酒を飲みながら、冬雪がぽつりと呟く。

「紗雪『ちゃん』と来たか……さては冬雪殿」

言いかけた陽炎に、

「妙なこと言い出さないで。健気でいい子なのは事実だよ」

冬雪はふいっとそっぽを向いたが、そっぽを向いた先にいた秀尚を見つけ、

「なんだかんだいって強敵は加ノ原くんのような気がするんだよね」

そんなことを呟く。

「何がですか？」

「だって、あっという間に胃袋を掴んじゃうじゃない」

そう言ってため息をついた冬雪に、

「言うな。それは俺たちも同じだ……。もう加ノ原殿の料理なしでは生きていけない体になったというか」

陽炎がしみじみと言う。

「そうなんだよね。僕、今まで食に関心なかったのに。加ノ原くんには本当に責任取ってもらわないと」

冬雪も続ける。

「えー…そんな責任問題にまで発展させないでくださいよ」

苦笑する秀尚に、

「でも、かのさんのごはんおいしいから、まいにちたべたい」

「ときどきは、ちがうのたべるのもいいけど、いちにちいっかいは、かのさんのごはんたべたいよねー」

稀永と実藤が言い、殊尋も頷く。

「うわ、責任重大」

秀尚が肩を竦めた時、紗雪が戻ってきた。

「加ノ原殿、御膳を運んでいったら雪櫻様が、『新しい品ですね』と喜ばれていました！」

嬉しそうに報告する。

「じゃあ、あとは味かな。気に入ってもらえたらいいけど」

「あとで御膳を下げる時に伺っておきますが、きっとお気に召していただけると思います」

そう言う紗雪に、秀尚は、雪櫻に出すのに多めに準備した具材と麺で作った紗雪の分のサラダ麺を出す。

「はい、これ紗雪さんの分です。食べて、少し休憩してください」

それに紗雪は驚いた顔をした。

「そんな…、私にまで」

「雪櫻さんに出したのと同じもの食べてもらわないと、お付きの人としちゃ、まずいのかなーってだけだから。ほら、毒見的な意味で。順番、ちょっとあれだけど」

秀尚が笑って言うと、紗雪は申し訳なさそうな、でも嬉しさとないまぜになった表情で、

「ありがとうございます。いただきます……」

そう言って配膳台に木のイスを寄せてきて、そこに座して食べ始める。

「ほら、加ノ原くんが強敵だろう?」

冬雪が笑って言いながら、お猪口の酒を飲み干すと、一度軽く伸びをしてから立ち上がり、厨へと下りてきた。

「さて、腹ごなしの運動ついでに……確か、米袋を移すんだったよね?」

そう紗雪に声をかける。

食材庫に置いてある様々な食品のうち、大きな米袋が一つ通路を塞ぐかたちになってしまっていた。

「え、はい。でも……」

「力仕事なら任せて。ああ、紗雪殿はそのまま食べていて」

冬雪はにこりと笑って食材庫へと向かう。紗雪はどこか落ち着かない顔をしていたが、

「任せとけばいい。紗雪殿はずっと気を揉《も》んでたんだろう? 少しはゆっくりしたほうがいい」

陽炎もそう声をかけ、

「俺もご飯にしますし」

秀尚も続けて、配膳台の紗雪の斜め前に腰を下ろし、自分も食事を始める。

「加ノ原殿は、いろんなお料理をご存じなのですね」

そう言った紗雪に、

「そうなの！　かのさん、おりょうりいっぱいしってるの！」

「それに、いつもすごくおいしいの」

「おかしも、たくさんつくってくれるの」

子供たちが座敷から声をかけてくる。

「うわ、ハードル上げられてる」

笑って言う秀尚に、紗雪も笑顔を見せる。

その様子を見て、陽炎は、

「やっぱり加ノ原殿が一番強敵かもしれんなぁ」

そんなことを呟きながら、お猪口の酒を口に運んだのだった。

◆◇◆

その頃、スキー場から離れた街中にある、とあるレストランの冷凍庫の奥にゆきんこ姉妹は潜んでいた。

あの日、次にトラックが停まったのがこのレストランの裏口だった。

ちょうどいい高さに雪かきをした雪が、停車したトラックの脇に積まれていて、怖がりな末っ子も、そこになら飛び下りることができた。

——ここなら、かげだし、とけないかも……。

そう思ってしばらくは、この裏口付近にいて、これからどうやって戻るかを考えようとした。

しかし、そう甘くはなかった。

裏口に面したこの道は、比較的よく車が通る。

そして溶けた雪をはね上げていくこともよくある。

それに直撃されれば、ゆきんこたちは大怪我である。

しかも、出るのだ。

優しいレストランの従業員から餌《えさ》をもらいに来る野良猫が。

彼らはゆきんこを見ると、まるで獲物を見つけたかのように目を輝かせ、追いかけてきた。

それに慌てて逃げ惑っていた時、裏口のドアが開いて、思わずゆきんこたちは中に逃げ込んでしまったのだ。

猫は中に入ると怒られるのが分かっているのか、追ってくることはなかった。しかし、ゆきんこには次の脅威《きょうい》が待ち受けていた。

そこは、厨房だったのである。

人間が足早に行き交うし、火の気配もある。

——どうしよう、ここだと、とけちゃう……。

——それに、にんげんにみつかっちゃうかも……。

猫がいない分、中のほうが安全だ。

しかし、ここにいれば溶けてしまうという危機が迫っている。

猫は怖いが、外に出るしかない。

ゆきんこたちが決意を固めた時、

「冷凍庫から肉出してー」

そんな声がして間もなく、どこからか大量の冷気が流れてきた。

そちらに目をやると、大きな銀色の扉があり、そこから冷気が流れてきていた。

——あのなかなら、だいじょうぶかも！

ゆきんこたちは必死でその扉に向けて走った。

大きな扉の前には男が一人いて、整然と並んだ冷凍食材から何かを探していた。

その隙にゆきんこたちは冷凍庫の中に入り込み、他の荷物の陰に隠れた。

しばらくすると、男は肉を持って冷凍庫から離れていった。

ガチャン、と重い音がして、冷凍庫の中は真っ暗になったが、とりあえず溶けてしまう危険はなくなったのでゆきんこたちは安堵した。

しかし、ここにずっとこうしているわけにもいかない。

ゆきんこたちは、まだ自分たちだけでずっと実体を保《たも》ってはいられないのだ。

雪女とどの程度の間なら離れていられるのかも、ゆきんこたちには分からない。

そんなに長く離れていたことなどなかったからだ。

だが「外で遊びたいのは分かりますが、あなたたちは、まだお母様から長く離れてはいけませんよ。お母様と会わずにいる期間が長くなると、あなたたちはただの雪に戻ってしまいますからね」と、雪女はよく言っていた。

——どうしよう……。

——どうしたらいいの……？

ゆきんこたちは身を寄せ合って、心細さを慰めつつ、どうしたらいいかを相談するものの、いい案などまったく浮かんでこなかった。

自力で帰るか、見つけてもらうか、どちらかしかない。

だが、全員で、自力で帰るのは難しいだろう。

見つけてもらうにしても、ゆきんこたちがここにいることを、おそらく誰も知らないのだ。

自分たちがここにいることを、知らせるしかない。

――でも、どうやって？

あれから何度か冷凍庫のドアが開き、食材が運び出されたり、新しい食材が届いたりした。

真っ暗なのでここに入ってどのくらいの日数が過ぎたのかも、ゆきんこたちには分からなかった。

その中、意を決したように、長女が口を開いた。

――おとちゃん。

次女――弟姫《おとひめ》に声をかける。

――あねさま、なに？

――つぎに、あのとびらがひらいたら、おとちゃんはおそとにでて、おかあさまのところにもどって。

長女の言葉に全員の顔が強張る。

——そして、たすけをよんできて。

続けられたそれに、次女は頭を横に振った。

——ひとりでなんて……。みんなをおいていけない。

他の姉妹も縋るような目で長女を見た。

——おとちゃんひとりでいかせるの、あぶないよ。

——はなればなれになるの、だめだよ。

——みんな、いっしょじゃなきゃ……。

そんな声に長女は心を鬼にして言った。

——だめ。このままだと、みんなゆきにもどっちゃう……。おとちゃんは、いちばんあしがはやい。ひとりなら、おやままでかえれるはず。

複数での移動となると、何かと無駄が多くなる。

次女が姉妹の中では一番度胸《どきょう》もあり、運動神経もよかった。

彼女一人でなら、なんとかなる可能性が高い。

もちろん、長女も次女一人を危険な目に遭わせることになるのは分かっている。けれどここにずっとこうしているわけにはいかなかった。

そして、次女も、一人で行く心細さはあるが、一人で行く身軽さも分かっていた。

本当に、山まで戻れるかどうかは分からない。

だが、このままここにとどまっていても、長女の言うとおり、みんなで雪に戻るのを待つだけだ。

――あねさま、おと、いくね。

泣きながら、次女は言った。

決意した次女を、長女はぎゅっと抱きしめた。

――おとちゃん、まってるから。

――うん。

頷いた次女を、他の姉妹たちもぎゅっと抱きしめる。

そして、次に冷凍庫の扉が開いた時――次女は冷凍庫の外に飛び出した。

残ったゆきんこたちは、一度も振り向かずに行った次女の無事をただひたすらに祈った。


「ゆきんこたち、麓のあたりまでしょっちゅう遊びに下りてたみたいだぞ」

暁闇と宵星が聞き取り調査の結果を報告に、結界に戻ってきたのは翌日の夜のことだった。

「麓って……スキー場のリフトとかの、あのあたりまでってことですか?」

秀尚が問う。

「その周辺全部だな。土産物や食べ物の店があるだろう。あの通り付近で見かけたって話も聞いた」

宵星が言うのに、秀尚は首を傾げる。

「その、聞いたっていうのは、誰にですか？」

人に聞き込みをしても無駄だろうとは思うが、他に誰に聞くのだろうと純粋に思って聞いた秀尚に返されたのは、

「鳥だ」

「鳥……」

「具体的には烏《からす》だな」

という、メルヘンといえばメルヘンな返事だった。

しかし、彼らは人ではないので、そういった動物たちとも意思疎通はお手のものなのだろう。

「あの付近によく来るトラックの荷台に飛び下りる遊びをしていたらしいってとこまでは分かった」

「街から来るトラックだってことだけは分かったんだが……どこのものかまではまだ分かっていない」

二人の報告を聞いていた冬雪が難しい顔をして口を開いた。

「もしかしたら……荷台に乗ったまま街に運ばれちゃった可能性があるってことかな」

「ああ」

短く暁闇が答える。

「街へって……」

秀尚は絶句する。

走るトラックの荷台から振り落とされてしまっている可能性もあるし、トラックが停まるまで無事だったとしても、そこがどこか分からない。

うっかり家の中に入ってしまえば、一日ももたないだろう。

「最悪の場合、溶けて……」

秀尚が呟いた時、

「……っぅ…」

紗雪が堪え切れず、泣き出した。

それに秀尚は失言を悔いる。

「紗雪さん、すみません、俺……」

その可能性があるとはいえ、この場で——紗雪のいるところで口にすべきことではなかった。

しかし、紗雪は頭を横に振った。

「いえ…、その可能性もあると、気づいてはいたのです……ただ、考えたくなかっただけで…逃げていたのです」

震える声で言った後、彼女は続けた。

「雪櫻様がしばらくお留守にされることになって、その間、私がゆきんこ様をお守りすることになっていたのです。ですが、他の仕事をしていて、ゆきんこ様たちが結界の外に出てしまわれたことに気づけず……」

ゆきんこたちは、雪が積もっている時季しか、結界の外に出ることはできない。

溶けてしまうからだ。

そのため雪が積もると、すぐに結界の外に遊びに行ってしまう。

それはある程度、仕方のないことと雪櫻も容認していた。遊びたい盛りの子供が、一年の半分以上、結界の中で過ごさなくてはならないのだから。

しかし、大抵は結界周辺で遊んでいるので、いなくなったのに気づいて探しに行ってもすぐに見つけることができたのだ。

紗雪もそのつもりで、結界の外に出たことに気づいてすぐ探しに出たのだが、いつも遊んでいるあたりにゆきんこの姿はなかった。

「私は、ゆきんこ様たちと違い、雪櫻様の眷族《けんぞく》でしかありません。そのため結界から遠く離れることはできないのです。それで探しに行くことができず……。雪櫻様がお戻りになってすぐにお伝えし、雪櫻様自《みずか》らお探しに向かわれたのですが、もう行方が追える状況ではなくなっていて……雪櫻様はご心痛のあまり、今のように…」

そこまで言って紗雪は両手で顔を覆った。

「私が……、私がちゃんとゆきんこ様たちを見ていなかったから……！」

自分を責める紗雪の肩を、冬雪が慰めるように叩く。

「紗雪殿のせいじゃないよ。……子供たちの好奇心を止めることはできないからね」

厨の隣の座敷で、交代で出てきて布団で寝ている十重、二十重、経寿、そして寿々の四人に軽く目をやり、冬雪が言う。

「でも、ゆきんこ様を私がちゃんと見ていれば…！」

「まあ、確かに、あんたにまったく責任がないとは言えないだろうが」

そう言い出したのは宵星だ。

この状況で紗雪を責めるのか？　と冬雪が宵星を睨《にら》むように見た。

「だが、今、あんたが自分を責めても何の解決にもならない。あんたの今の仕事は、あんたの主人の許にいるうちの子たちに害がないように立ち回ることだ。代わりに、俺と兄貴の二人でゆきんこの行方を全力で追う」

「そうだな。君がここでいくら気を揉んでも、結界から離れられない身ではどうしようもない。君はここでできることを全力でしてくれ」

暁闇も続けた。

「そのためには紗雪さんが元気でいないとね。……もう、いい感じに冷えたかなぁ……」

秀尚はそう言って、雪の入ったタライで冷やしていた鍋からスープをすくい、汁椀に注ぐ。

子供たちに出したジャガイモのポタージュを冷やしてヴィシソワーズにしたものだ。

「はい、どうぞ」

「加ノ原殿……」

「今日、あんまり食べてなかったでしょ？」

昨日に引き続き、紗雪は秀尚の料理を手伝ってくれていたが、ゆきんこたちが心配なのかあまり箸が進んでいなかった。

「すみません…ご迷惑をかけているのに、心配までおかけして」

そう言う紗雪に、

「うん。心配だから、食べて」

秀尚は笑って言った後、暁闇と宵星にも、

「お二人も、食べます？　温かいのと冷たいのありますけど」

そう聞いてみる。それに宵星が、

「俺は温かいのをもらう」

と答え、暁闇は、

「俺は何かつまみをくれ。酒が欲しい」

通常運転なことを言う。

「この状況でよく飲むって言えますね？」

紗雪の目にはまだ涙が残っている状況で、だ。

しかし暁闇は首を傾げる。

「君が食べるかと聞いたんだろう？」

「俺は、食事は生命維持に必要で、酒は娯楽《ごらく》って認識なんです。なんで、ご飯を食べますかって聞いたんですけど？」

そう言う秀尚に、

「まあ、そのあたりの認識のズレは仕方がない。俺たちにとっちゃ、飯も酒も活力の底上げだからな。暁闇殿も潰れるほど飲むってわけじゃないさ」

言いながら陽炎が、今日紗雪が新たに出してくれた一升瓶——昨日出してくれた五合瓶は、もう昨日のうちになくなった——を手に暁闇に近づく。

「昨日の酒もうまかったが、今日のこの酒もまたうまくてな」

言いながらコップに酒を注いでいく。

なぜか、自分の分も、だ。

「陽炎さんも飲むんですか？」

「暁闇殿一人で飲むというのも寂しいだろう？　ああ、俺のつまみは漬物で構わないぞ」

「陽炎さんには塩でいいかと思ってたのに……」

ボヤく秀尚の言葉に、紗雪の表情が少し緩む。

それを見てか、それとも偶然か、

「とりあえず、よく来るトラックだというから、特定さえできればおおよその捜索範囲が決められる。ゆきんこたちも、自分たちにとって何が危険かは分かってるだろうから、どこか日陰にでも身を隠して耐えてるだろう」

宵星が言い、暁闇も頷いた。

「弱ってはいるかもしれないがな。……存外、子供は知恵が回る。とにかく、車の特定を急ぐしかない。見ていたという鳥を他にも集めて協力してもらうが……何分、連中は夜はねぐらに戻るから役に立たん」

そうボヤく暁闇に、

「無理言わないであげてよ。夜は寝かせてあげなきゃ……」

冬雪は苦笑交じりに言うと、自然な感じで紗雪から少し離れ、暁闇、陽炎の小さな酒宴に合流する。

ずっと側についていないあたり、いい匙《さじ》加減だなぁ、なんて思いながら、秀尚は宵星に出す食事と、他の三人に出すつまみの準備を急ぐのだった。

七

雪櫻は、思い思いに本を読んだり、積み木をしたりして遊ぶ子供たちの姿を、笑みを浮かべて見つめていた。

一週間ほどここを離れ、同じ一族の他の雪女の許に手伝いに出ている間に、ゆきんこたちがいなくなり、その気配すら掴めなくなった時にはどうしようかと思ったが、こうして六人、戻ってきてくれた。

——子の成長は早いものと言うが、ほんにうちの子たちの成長は早いこと……。

雪櫻は目を細める。

なにしろ手伝いに出る前は六人を両手に乗せることができたというのに、今は一人を膝の上に乗せてやるとそれでいっぱいだ。

それに銀糸の髪も、それぞれに濃度は違えど金や薄茶に近い色になり、柔らかそうな耳まである。

——え？

認識に歪《ゆが》みを感じ、雪櫻は慌てて子供たちを見つめる。

愛らしい子供たちではある。

六人揃っている。

しかし、大きい。

大きすぎる。

そして、髪の色が違う。

その上、耳。

ふわっふわの、柔らかそうな獣耳。

——うちの子では、ない……？

そう思った瞬間、雪櫻のどこか曖昧《あいまい》でふわふわとしていた意識が、一気に現実に戻された。

「……そ、そなた、そなたたち……」

震える雪櫻の声に、間近にいた二十重が振り返った。そして真っ青な雪櫻の顔に驚いて膝でにじり寄った。

「おかお、まっさお！」

その二十重の声に十重も振り返る。

「ほんとう！　どうしたの？　きぶんわるいの？」

心配して問うその声すら、雪櫻の耳には入っていなかった。

——ちがう、私の子供たちじゃない。

雪の中、見つけて、ずっと一緒にいたと思ったのに。

この子たちではない。

ならば、ゆきんこたちはどこにいるというのか？

「紗雪！　紗雪！」

雪櫻は立ち上がり、悲鳴にも似た声で紗雪を呼んだ。

「紗雪！　どこにいるのです！　紗雪！」

部屋の襖を開け、呼び続ける。夕餉の支度を手伝っていた紗雪は、慌てて雪櫻の部屋へ向かった。

「雪櫻様、いかがなさいましたか」

駆けつけてきた紗雪に、

「私の、私の姫たちはどこに？　今、どこにいるのです……っ」

震える声で雪櫻は言った。

その言葉に、紗雪は雪櫻が正気を取り戻したことを悟《さと》った。

「雪櫻様、落ち着いてください」

「私の姫たちはどこかと聞いているのです！　どこ…」

問い質す雪櫻の声を、

「雪櫻殿、初めてお目にかかる」

遮《さえぎ》ったのは、紗雪を追ってきた陽炎だった。

「俺は宇迦之御魂神《うかのみたまのかみ》の神使、陽炎」

「同じく、冬雪」

陽炎と冬雪が名乗る。

突如として現れた稲荷二人に雪櫻は困惑《こんわく》を隠せなかったが、

「まさか、そなたたちが私の姫を……っ」

すぐにゆきんこたちのことを心配し、問いつめようとする。

「違います、この方たちは中にいらっしゃるお子様方の……」

紗雪がすぐさま返し、雪櫻は部屋の中でなりゆきを心配そうに見ている子供たちのことを思い出した。

「……この者たちは、なぜここに…」

それにどう答えるのが一番衝撃が少ないかと大人たちが言い淀んだ瞬間、

「あのね、わたしたちがすきーしてたら、ものすごくかぜがふいてきたの」

「ゆきもいっぱいで、みんなでおててつないで、はぐれないようにしてかぜのふかないところにいこうとしてたの」

十重と二十重が説明を始める。

「そうしたらね、いつのまにか、ゆきおんなさんとおててつないでたの」

「それで、わたしたちここにきたの」

二人の言葉に雪櫻はおぼろげに何か思い出した様子だ。その雪櫻に、

「雪櫻様、詳しい説明をいたします」

紗雪はそう言うと、雪櫻の手を取り部屋の中へと向かう。

そして軽く振り返り、陽炎たちに頷いた。それを合図に陽炎と冬雪が室内に入り、交代組の子供たちも続く。

だが秀尚は自分が中に入っていいものかどうか悩んだ。

神様同士の話なら、自分は完全に部外者だからだ。

動かない秀尚に気づいた萌黄がふっと秀尚を振り返り、秀尚の許に戻ってくる。そして秀尚の手を掴んだ。

「かのさん、いきましょう」

萌黄の声に、先に中に入っていた陽炎が秀尚を見た。そして頷く。

それに、秀尚は萌黄に手を引かれるまま、室内に足を踏み入れた。

全員が出された座布団に座し、雪櫻と対面する。

白銀の髪に抜けるように白い肌、庭の椿のように赤い唇、そして青みがかって見える黒

い双眸《そうぼう》。

人ならぬ美貌、などという、小説か何かで見たキャッチフレーズが秀尚の脳裏に蘇《よみがえ》った。

――別宮の女子稲荷さんたちも美人だったけど、また趣の違う美女だなぁ……。

いずれ劣《おと》らぬ、といった感じだが、秀尚の人生では最近、美男美女がインフレ中だ。

そんなどうでもいいことを思いながら、緊張を紛らわせていると、

「雪櫻様、こちらの方たちは、そちらのお子様方の世話役でいらっしゃる陽炎殿と冬雪殿、そして加ノ原殿です」

紗雪が改めて雪櫻に三人を紹介した。

「陽炎殿と冬雪殿には先程名乗っていただきましたが、そちらの加ノ原殿は…人、ではないのですか?」

雪櫻が秀尚に視線を向ける。

その眼差しには「なぜ、人がここに」という困惑が見えた。

「えっと、ただの料理人です」

名乗るべき肩書などそれしかないのだが、

「かのさんのごはんは、とてもおいしいんです!」

すぐさま萌黄が言葉を添えた。

「なんでもつくれるの！　すごいの！」

浅葱も付け足す。

「かのさんのたまごやき、だいすき」

「ぐらたんもおいしい！」

他の子供たちも口々に秀尚の紹介を始める。それを、

「はいはい、おまえさんたち、そこまでだ」

陽炎が一旦制し、雪櫻を見た。

「この子たちの中には、まだ『気』だけで体を保つには至らない者もいる。神気の混ざらぬ食事を作るため、加ノ原殿は俺たちと契約をしてくれているんだ」

「供物作りを、という理解で構いませんか」

「ああ」

「それで、その子たちは……」

あやふやな記憶に雪櫻はこめかみをそっと指で押さえる。その彼女に、

「……雪櫻様のお留守中、私がお世話を怠ったばかりに、ゆきんこ様方の所在が分からなくなってしまったのです…」

紗雪が説明を始めた。

「お戻りになった雪櫻様はすぐお探しにおいでになりましたが、山にゆきんこ様の気配はすでになく、ご心痛のあまりしばらく我を失っておいでに……。それで、こちらの方々を

ゆきんこ様とお間違えになってこちらにお連れになったのです」

「私が、この子たちを連れてきてしまったのですか……」

信じられない、といった様子で雪櫻は呟いた後、

「それで、姫たちは？　姫たちはどうしているのですか！」

すぐさま、ゆきんこの現状を確認してきた。

その言葉に、紗雪はどう伝えるかを悩んで言葉を探す。

「今、俺たちの仲間が捜索している」

代わりに答えたのは陽炎だった。

言葉を選んでも、伝えなければならない事実は一つしかない。それゆえだろうか、陽炎の言葉な端的だった。

「捜索……では、まだ姫たちは見つかっていないのですね…」

震える声で言い、雪櫻は泣き崩れた。

「ゆきおんなさん！」

その様子に真っ先に立ち上がった十重が、雪櫻の元に駆け寄った。二十重も続き、他の子供たちも雪櫻に駆け寄る。

「なかないで、だいじょうぶだから」

十重が声をかける。

錯乱状態の中、子供たちを無理矢理連れてきてしまったのだろうということくらいは、雪櫻にも理解できた。

そして子供たちも、意味が分からぬままここに連れてこられ、そのまま止め置かれているのだろう。

それなのに気遣ってくる優しさに触れ、雪櫻は涙する。

それと同時に、今、自分の子供たちはどうしているのかと思うと心配でたまらなくなった。

最後に会ったのはひと月あまり前。

今はどこでどうしているのだろうか。

雪櫻の力の及ぶ場所に気配を感じられないということは、他の者の管理する地域にいるか、街に下りたかだ。

他の者が管理する地域に紛れ込んでいたら、その旨の連絡が来るはずである。

それがないということは、街へ下りてしまったのだろう。

街には危険が多い。

雪かきの雪に押し潰されてしまったり、道路の消雪パイプから出る水も危ない。うっかり室内に入ってしまえば、暖房で溶けてしまう。

――ああ、もしやあの子たちはもう……。

押し潰されそうな胸の痛みに、雪櫻はそのまま意識を失った。

「雪櫻様……っ！」

紗雪が慌てる。

「「「ゆきおんなさん！」」」

子供たちも慌てて声をかけた時、ズッ……、と地響きのような音がした。

その音に陽炎と冬雪は同時に動いた。

陽炎は胸元から取り出した、何かが描かれた数枚の短冊《たんざく》に念を込める。それはすぐ鳥に姿を変えてふっと消える。

冬雪は手のひらの上に水晶玉を取り出し、

「暁闇殿、宵星殿、雪崩が起きる」

外にいる二人に連絡を取る。

「え、雪崩……」

冬雪の言葉に秀尚は目を見開く。

ここはスキー場を有する山だ。発生する場所によっては客に被害が出る。

「空にいる俺の式神と目を同期してくれ。スピードはできるだけ殺す」

「向きが悪い、ゲレンデを巻き込む」

式神と目を同期した陽炎と冬雪には現場が見えているらしい。

『承知』

水晶玉から暁闇の声が聞こえた。

秀尚は時計を見る。

六時前。

ゲレンデは暗くなっているだろうが、ナイター営業が始まっているだろう。

秀尚の時間感覚からすると、今日あたり週末のはずだ。ゲレンデには多くの客がいてもおかしくない。

そこを雪崩が直撃したら、どれだけの被害が出るか、考えるだけで怖かった。

そして、何もできない自分にいら立つ。

——雪崩のスピードって確かすごかった……。

動画で見たことがある程度だが、時速百キロ以上になったはずだ。

最初の音が響いてから、少なくとも二分は過ぎている。

もうゲレンデに到達してしまったのではないかと思ったのだが、秀尚はその時に気づいた。

自分の時計の秒針がほとんど動かないことに。

——え？

壊れたのかと思った。しかし、ゆっくりとだが動いているのが分かる。

電池が切れかけているのかと思った時、

『現場到着、対応に入る』

宵星の声がした。

現場というのがどこか分からないが、雪崩の近くにいるのだろう。

暁闇と宵星が今、一番近い場所にいる。

秀尚は思わず両手の指を強く組み、祈った。

——どうか、無事で……。

祈るしかできない、自分の無力を感じながら。


その嫌な音は、鳥たちをはじめ、ゲレンデ付近に集まる動物たちに聞き込み調査をしている暁闇と宵星の二人にも聞こえた。

「今のは……」

暁闇が言った瞬間、頭の中に直接、冬雪から雪崩が起きるとメッセージが入った。ついで陽炎の式神と同期しろというメッセージも。

二人はすぐさまそれを行い、陽炎の式神が特定している雪崩発生のポイントに飛んだ。

この時間は、人間の感覚では一秒程度のことだ。

雪崩到達予定の先に降り立った二人は、上空の式神からの映像と自分の位置、地系を脳内で組み立てる。

「座標指定完了」

宵星が告げる。

その間も雪崩は二人に迫ってきているが、その声に焦る様子はない。

「奇数は俺が」

暁闇はそう返すと、片手を高く上げ、そのまま迫ってくる雪崩に向けて大きく振り下ろす。

その瞬間、暁闇の手から冷気が放たれ、空中に含まれた水分が凍り結晶化しきらめきを放ちながら雪崩へと向かっていく。

そしてその冷気で雪崩が凍りついた。

だが、ピキピキッと音を立てて凍った雪崩を押し壊すようにして、さらに雪が流れ落ちてきた。

それを次は宵星が同じように冷気を放って凍らせ、止める。

だが単純に冷気を放てばいいというものではない。放つ温度、強さによっては、巨大な氷の塊ができるだけで、それが後日崩落する危険が出てくるのだ。

そうなれば、今の危機は取り去れても、後日、惨事を招く可能性がある。

雪崩に勢いを徐々に殺させる程度の冷気を繰り返し放ちながら、ゲレンデに向かわないように向きを変えさせる。

向きを変えるにしても、冷気を放つタイミングを間違えばうまくはいかない。

それを見極めながら冷気を打ち込み――狙いどおり、徐々に雪崩はその向きを変え、宵星が指定した座標のすべてに二人が冷気を放ち終える頃には、民家のない無害な場所へと落ちていった。

「これでいいだろう。任務完了だ」

暁闇の言葉と同時に緩やかになっていた時間の流れが元に戻る。

「さすがは暁闇だな。冷気の温度、威力が絶妙だった」

宵星の言葉に、暁闇は口元に笑みを浮かべる。

「それはおまえも同じだろう」

「いや、俺はあんたの設定に合わせただけだ」

「その『合わせる』のが普通は難しいものだ。それに、おまえの座標設定が完璧だったからだろう」

暁闇が褒めてくるのに、宵星は照れているのか少し眉根を寄せる。

双子である暁闇と宵星は、双方七尾というエリートだ。

だが、二人が持つ能力は違った。

優劣と言う意味の違いではなく「能力の方向性」という意味での違いだ。

しかし、宵星が持ちたいと願った能力は、暁闇が持っていて、同じ双子でありながら宵星はずっとコンプレックスを抱いてきた。

それが解消されたのは、まだ少し前のことだ。

そのため、こうして暁闇から褒められると——いや、以前から暁闇は宵星のことを褒めてきたが、当時はただの慰めにしか聞こえなかった。だが、今はそれが素直な称賛《しょうさん》であると分かるからこそ、むずがゆい。

「……報告もある、一度戻るか」

宵星は話を変えるように言う。

そんな宵星の様子に、ブラコン暁闇は脳内で全力で宵星の頭を撫でまくりながら、それをおくびにも出さず、

「ああ、そうだな」

簡単に返し、先に姿を消した宵星に続いて、自身も姿を消した。

◆◇◆

「いやぁ、一仕事終えた後の酒のうまさは格別だな」

厨脇の座敷で陽炎は冬雪、そして戻ってきた暁闇、宵星と酒を飲んでいた。

雪崩は暁闇と宵星の対処で被害を出すことなくすんだが、陽炎もかなり頑張っていたらしい。

式神を飛ばしただけにしか見えなかったのだが、冬雪と共に雪崩のスピードをできる限り殺しながら、時間の流れも弄《いじ》っていたらしい。

秀尚の腕時計の秒針がおかしかったのは、その影響を受けていたからのようだった。

秀尚の体感では少なく見積もってもすべてが終わるまで五分以上かかっていたのだが、人界では十数秒のことらしい。

そこまでのことをやってのけるのには相当力を使うようで、暁闇から対応完了の旨の連絡が入った瞬間、陽炎と冬雪は同時に膝をつき、しばらくの間立ち上がれないような状況だった。

もっとも多少回復した直後の第一声が、

「酒を飲みたい」

だったわけなのだが、彼らにとって酒は人間のそれとはまた違う意味を持つので、秀尚は粛々《しゅくしゅく》とつまみを作っては出している。

もちろん、子供たちにもちゃんと食事をさせた。

その子供たちは食事を終えると、早々に雪櫻の部屋へ看病のためにと戻っていった。

すでに雪櫻は、子供たちをゆきんこたちと勘違いはしていないのだが、倒れてふせっている彼女が心配で側にいたい様子だった。

少しすると紗雪が厨に戻ってきた。

「あ、紗雪さん。雪櫻さん、どうですか？」

秀尚が声をかけると、紗雪は頷いた。

「先程、目を覚まされました」

「よかった……。あ、ちょうどご飯ができたんですけど……食べる元気っていうか、そういう気持ちにはさすがにやっぱ無理かな」

秀尚は迷いつつ問う。

自分の子供が行方不明のままなのだ。食事が喉を通るわけもないが、一応、作ってみたので聞くだけ聞いた。

「ありがとうございます。お召し上がりになるかどうかは分かりませんが、お部屋にお運びしてみます」

紗雪はそう言ってから、

「……もしよければ、加ノ原殿も一緒に来てくださいませんか？」

そう聞いた。

「俺も、ですか？」

「はい。……人にまでご迷惑をと、気にしておいでしたので」

「気にしていただくほどのことじゃないんですけど」

そう返した秀尚に、

「俺も行こう。ゆきんこちゃんの捜索について詳細を聞いたところだから、報告しておきたいしな」

陽炎が言って立ち上がる。

「報告なら、暁闇さんか宵星さんがしたほうがいいんじゃ……」

実際の捜索活動に当たっているのは二人なのだから、と思って言ったのだが、

「俺はパスする。心を軽くできるほどの報告でもないからな。泣かれると困る」

暁闇が言い、宵星も頷いた。

そんなわけで、秀尚は陽炎、紗雪と一緒に雪櫻の部屋へと向かった。

雪櫻は敷《し》かれた布団の上、体を起こしていた。

子供たちは雪櫻の看病のために部屋に戻ったのだが、看病といっても枕元に並んで座っているだけである。

だが、雪櫻には心の慰めにもなっているのか、浅葱が時々つっかえながらも、雪櫻に絵

本を読んでいた。

「雪櫻様、加ノ原殿がお食事をお持ちくださいました」

紗雪の言葉に、雪櫻は申し訳なさそうな表情で秀尚を見た。

「すみませぬ……。ご迷惑をかけている上に私の食事まで」

「いえ、子供たちのご飯を作るついでっていうか……、この状況で食欲もあんまりないと思うんですけど、どうかなと思って」

秀尚は言いながら、持ってきた膳を差し出す。

すりおろした長いもを出汁でのばして醤油で味つけし、叩いた梅干しを添えねぎを散らした冷たい汁ものとご飯、きのこのマリネ、それからプリンだ。

どれも量は少なめにして、その代わり可愛らしい器に盛った。

少しでも気持ちの慰めになってくれたらなと思ってのことだ。

「かのさんのぷりん、おいしいよ」

「さっきたべたけど、おいしかった！」

子供たちが雪櫻に伝える。

その言葉に雪櫻は頷く。

「ありがとうございます。あとで、ゆっくりいただきます」

そう言って陽炎を見た。

「私の心が乱れたせいで起きた雪崩を食い止めていただいたとか。心よりお礼を申し上げます」

「いかにも」

「確か、陽炎殿と」

頭を下げた雪櫻に陽炎が頭を横に振る。

「どうぞ、頭をお上げに。ご心痛のほど、お察し申し上げる」

そう言い、雪櫻が顔を上げるのを待ってから言葉を続けた。

「お子の行方だが、今、仲間と一緒に全力で行方を追っている。うっかり車の荷台に乗ってしまい、街へ運ばれたのではないかというところまでは分かった。どこから来た車か特定ができればお子の行方も分かると思う。……今しばし、待っていただきたい」

まだゆきんこたちの行方が分からないと、はっきり言葉にされて雪櫻の眉根が強く寄り、目に涙が浮かぶ。

その様子に、

「あけやみさまも、よいぼしさまも、すごいの！」

「だからきっと、ゆきんこちゃんたちもみつけてくれます！」

浅葱と萌黄が即座に励《はげ》まし、他の子供たちも「だいじょうぶ」と重ねて励ます。

雪櫻は指先でそっと涙を拭うと、陽炎と秀尚を見た。

「こちらの事情に巻き込み、申し訳ありません。なにとぞ、娘たちをよろしくお願いします」

そう言って頭を下げる。

「あまり希望を持たせてやれず申し訳ないが、全力を尽くす。雪櫻殿は、お子たちが戻った時のために、養生に努めてくれ」

陽炎はそう言うと、秀尚を見た。そろそろ出ようか、という合図だ。それに頷き、秀尚は陽炎と共に雪櫻の部屋を出た。

そして廊下を厨へと戻る途中、

「しかし……美女だな」

ポツリと陽炎が呟いた。

「はぁ？」

「はぁ？　って、おまえさんは彼女を見て美人だとは思わないのか？」

呆れた声を出し足を止めた秀尚に、陽炎も足を止め、首を傾げながら問う。

「いや、思いますよ。ちょっと人間じゃあり得ないレベルで美女だと思いますけど、この状況でよくそんなこと言えますね？」

雪櫻に状況を伝えていた様子はいつもの陽炎とは違い、神々《こうごう》しく感じられたというのに、そんなことを考えていたのかと思うと、残念感しかない。

「事実を伝えるのと、美女だと感じるのとは別だろう？」

「そうかもしれませんけど……っていうか、報告に行ったの、単純に雪櫻さんの顔を見たかっただけとか、そういうオチじゃないでしょうね」

秀尚のその言葉に陽炎は、

「いやいや、報告第一だ。妙に期待も持たせられんが、情報がなければ彼女も気が休まらんだろう」

と返してきた。

——どうだか……。

女子少なすぎ問題を抱える男子稲荷である。

異種族間でも結婚に問題がなければ、チャンスは逃《のが》さないような気もする。

とはいえ、これ以上突っ込んで聞くのは無粋《ぶすい》だなと、秀尚はもうこの件について問うのはやめ、

「ゆきんこちゃんたち……大丈夫ですかね」

代わりに、行方不明の彼女たちの心配を口にする。

「なんとも言えんが……無事であることを祈ってる」

静かに言った陽炎の言葉が、状況が決して明るくないことを告げているようだった。

そして、秀尚は胸の中で祈る。

――ゆきんこちゃんたち、無事でいて……。

と。

◆◇◆

翌日、暁闇と宵星は再び麓周辺で集まる動物たちに聞き込みをしていた。

無論、人界にいて浮かない姿で、である。

共にマスクをつけ、暁闇はさらにサングラスをかけた。

そこで野良猫やら動物の観測をしているという体《てい》で、聞き込みをする中、昼前に耳寄りな情報が飛び込んできた。

『ゆきんこを見たと言っている犬がいます』

そう教えてくれたのは烏だった。

その烏の案内で暁闇と宵星が件《くだん》の犬の許に行くと、それはとある雑貨店の看板犬だった。

店内にいた犬をちょいちょいと手招きで呼び出すと、その犬は尻尾を振りながら外に出てきた。

宵星が軽く座り込み、頭を撫でてやるふうを装って話を聞く。

『ゆきんこを見たと聞いたんだが、本当か？』

その問いに犬は尻尾をブンブンと振りながら頷いた。

犬から得た情報では、ゆきんこの一人がトラックに取り残されたらしく、他の姉妹が追いかけてくれと頼んだので、トラックまで送ったらしい。

そのトラックは隣町から来るものであることだけは分かるが、どこの店のものかは犬的に分からない、と言った。

ただ、大体毎日行き来しているトラックで、見れば分かると言うので、暁闇と宵星はそのままそこでトラックが通るのを待つことにした。

が、ここで一つ問題が起きた。

人の姿を取った稲荷たちは、皆それぞれに美しい。

それは、この双子も同じだった。

たとえマスクをしていても——暁闇はさらにサングラスまでしているが——モデルのごとき長身と、見えている宵星の目元だけでイケメンであることは確定である。

「あの、写真撮らせていただいていいですか？」

勇気ある女性が声をかけたのを皮切りに、一緒に写真を撮ってくださぃ攻撃が始まる。

そしてその様子に、なんだなんだと通りがかりの人達までが足を止める。

「え、なんか芸能人?」

「そうなの?」

「分かんないけど、イケメンだから撮らせてもらお!」

そんなノリでなぜか撮影会めいたことが始まった。

まさかこんな事態になると思っていなかった二人は戸惑いつつも無下《むげ》にもできず、いつ終わらせるかな、と思いつつ対応する。

その中、二人は自分たちのテリトリーに自分以外の「人ならぬ者」が入り込んできた気配を感じた。

それに二人は同時に気配のしたほうを見る。

車道を挟んで向こうの路地から、その気配はした。

「……すまない、そろそろ行かねばならない」

宵星が言い、暁闇を見る。

「ああ、行こうか」

暁闇も頷き、二人は信号が変わるのを待って道路を渡った。

強くなる気配を追い、踏み込んだ路地は日があまり入り込まず、人の行き来も少ないのかギリギリ人が通れるくらいに雪が除けられている程度だった。

その除けられた雪に紛れ、人に見つからないように慎重に進んでいる小さな小さなゆきんこがいた。

暁闇と宵星は即座にそのゆきんこへと駆け寄る。

ゆきんこは、人に見つかった！　と慌てて雪の中に紛れていこうとしたが、それを咄嗟《とっさ》に暁闇が両手で雪ごとすくって捕まえた。

「待て。雪櫻殿の娘だろう」

暁闇が出した名前に、バタバタと暴れて逃げようとしていたゆきんこは動きを止め、暁闇を見た。

「もう一度聞く。雪櫻殿の娘だな？」

その問いに、ゆきんこはこくこくと頷いた。そして大慌てで身振り手振りで何かを伝えようとするが、暁闇と宵星には彼女が伝えたいことが分からなかった。

ゆきんこは、彼女たち同士での意思疎通はできるし、他種族が何を話しているかも分かる。しかし彼女たちは伝えるためのスキルはまだ持つことができないのだ。

「悪いが、何を言いたいのか分からない。とりあえず、山へ戻ろう。あんたも、随分疲れてる様子だ」

宵星の言葉どおり、暁闇の手の上にいるゆきんこは、髪もぐしゃぐしゃで、着ている着物も薄汚れ、そして何よりそうとう疲れているようだった。

無理もない。

人や他の動物に見つかってしまわないように気を遣うだけでも相当疲れるのに、街中は山よりも気温が高い。

弱って当然だった。

「すぐに帰れる。心配するな」

暁闇の言葉に宵星は頷き、足元にそっと手のひらを向ける。その瞬間、二人の足元に『場』を繋ぐ文様が浮かび上がり、二人の姿は次の瞬間、路地から消えた。

それを見ている者は、誰もいない。

いや、二人が路地に入った時から、二人の姿はあってないものとして人の意識から消えていた。

「弟姫！　戻ったのですね！」

暁闇と宵星によって戻ってきた次女の姿に、雪櫻は泣いて喜んだ。

次女も泣いて雪櫻に縋りつき、それを見ていた子供たちも、

「ゆきおんなさん、よかったね！」

「ゆきんこちゃん、おかえりなさい！」

一緒に喜び、そして、

「あけやみさま、よいぼしさま、おつかれさまです」

「ゆきんこちゃん、みつけてくれてありがとうございます」

暁闇と宵星に礼を言う。

その言葉に、我が子との再会に涙していた雪櫻はハッとして、深々と頭を下げた。

「お二人とも……何とお礼を申し上げてよいか…」

「まだ、礼を言われるには早い。子供は、その子だけではないだろう」

暁闇が言い、

「そいつは、俺たちに何か伝えようとしてきたが、何を言いたいか俺たちには分からなかった。多分、他の子供たちのことを言おうとしていたのだと思うが」

宵星が続けた。

その言葉に雪櫻は次女を見たが、次女は相当疲れていたらしく、雪櫻の手のひらの上でうとうとと眠り始めていた。

「ゆきんこちゃん、おねむです……」

萌黄が小さな声で呟く。

「つかれたんだね」

浅葱も小さな声で続ける。

薄汚れた着物やもつれた髪などを見れば、大変な目に遭ったのはよく分かる。ゆっくりと寝かせてやりたい気持ちはあるが、他の五人がどうしているのか聞かなくてはならない。

雪櫻はそっと次女の体を両方の手のひらの中に包み入れると、冷気で包んで冷やしつつ力を送った。

そして十数秒してから、雪櫻がそっと覆っていた手を開くと、次女はまだ少し眠たそうではあるものの、目を開けていた。

「弟姫、他の姫たちがどうしているのか教えておくれ」

雪櫻の言葉に、弟姫は慌てた様子で身振り手振りで何かを伝える。雪櫻に会えた喜びと安堵に他のゆきんこたちのことを伝えるのを失念してしまっていたらしい。

「なんと……街の店の中に？　……そうか、弟姫が助けを呼ぶために一人…その時は皆、まだ無事だったのですね？」

雪櫻が次女が伝えてくることを説明するが、次女自身語彙も少ないし、街のことをよく分かっていないので、どう伝えればいいのか分からない様子だ。

そこで雪櫻はそっと指先を次女の額に当てると、次女の記憶を共有する。

「街の……食堂。なんと申しましたか、れす…」

「レストランですか？」

秀尚が言うと雪櫻は頷いた。

「そう、そのレストランの…ああ冷凍庫。そこに皆いるのですね」

冷凍庫と聞いて、秀尚は安堵する。

そこなら、溶けてなくなってしまうこともないだろう。

レストランの正確な場所は、陽炎が次女が見つかった周辺に飛ばした式神を通し、雪櫻がゆきんこたちの気配を探って確認した。

そこは次女の発見地点から一キロほど離れた店で、その距離を次女は小さな体で一生懸命助けを呼びに来たのかと思うと、秀尚もたまらない気持ちになった。

「今すぐ迎えに行ってやりたいところだが……」

「まさか、いきなりお店に行って『すみません、冷凍庫見せてください』なんてわけにもいかないよね……」

陽炎と冬雪は腕組みをして考えるが、どうしたところで人目のある時に連れ戻しに行くのは無理だ。そのため結局、深夜、人がいない時間帯に暁闇と宵星に残りのゆきんこたちを連れ戻しに行ってもらう運びになったのだった。


翌朝、子供たちが起きて雪櫻の許に挨拶に行くと、雪櫻はすっかり元気を取り戻しており、彼女の膝の上には六人のゆきんこたちが揃っていた。

「ゆきんこちゃん、かえってきた！」

心配していた子供たちも、自分のことのように喜ぶ。

そこに紗雪と秀尚、そして陽炎が雪櫻とゆきんこの朝食を持ってやってきた。

「みんなも雪櫻さんのとこに来てたのか」

秀尚が言うと、

「あさの、ごあいさつしにきたの」

「かのさん！　ゆきんこちゃん、かえってきたよ！」

子供たちがわらわら秀尚に群がって報告する。

「うん、みんな帰ってきたね。本当によかった」

昨夜遅く、暁闇と宵星がレストランに行き、冷凍庫の中で身を寄せ合っていたゆきんこたちを連れ、戻ってきた。

雪櫻の許に帰れるかどうか分からない不安で消耗していたが、怪我もなく無事に戻ったことを雪櫻は喜び、一足先に戻ってきていた次女とも感動の再会を果たしていた。

「雪櫻殿とゆきんこちゃんはこれから朝食だ。おまえさんたちの分も加ノ原殿が準備してくれてるから、食べに行くぞ。食べ終わったら、帰る準備だ」

陽炎が子供たちに言ったその言葉に、

「お待ちください」

雪櫻が驚いた様子で口を開く。

「もう、お帰りになるのですか？」

「こうして無事、ゆきんこ殿たちが元気に戻ってきたのを確認できたことだし、長居をするのも無粋というものだ」

陽炎が笑みを浮かべて言う。

それは、昨日、ゆきんこたちが戻ってきたのを確認した後、大人たちで話して決めたことだった。

だが、それを聞いた雪櫻は、

「ここまで世話になっておきながら、手ぶらでお帰りいただくわけにはまいりません。せめて今日一日……ささやかですが宴席を設けますから」

と、申し出た。

陽炎は、気にしてもらうことではない、困った時はお互い様だと言ったが、雪櫻は引かず、そして子供たちも、

「ゆきんこちゃんたちとあそびたい」

「もうちょっとだけ、だめ？」

とおねだりをし、結局、今日一日滞在を延ばすことになった。

それで、子供たちは朝食後、ゆきんこたちに結界内を案内してもらいながら遊んでいた。

一番幼く、どんくさい——もとい、おっとりしている末っ子は寿々と気が合うらしく、

二人一緒に遊んでいる。

寿々の体温で溶けたり弱ったりしてしまわないかと心配したのだが、結界内では雪櫻の守りがあるため、ある程度大丈夫なようだ。

その雪櫻と紗雪は、今日の宴席のために料理作りに余念がなかったが、秀尚もその手伝いをしていた。

秀尚も宴の客なので、手伝ってもらうのは、と遠慮されたが、人が料理しているのを見ているだけというのはどうにも落ち着かなかった。

「おまえさんは根っからの料理人だな」

と陽炎には笑われたが、雪櫻と紗雪も料理上手で、これまで秀尚が扱ったことのない野菜を使った料理もあって、詳しい料理方法を聞いたり、逆に秀尚の料理について聞かれたりして、和気藹々と準備をした。

一通りの料理の準備が整い、宴が始まったのは昼をかなり過ぎてからのことだった。

雪櫻と紗雪が手がけた常温や冷製の料理がメインだが、秀尚が担当した鍋などの温かい料理――彼女たちに食べてもらうことはできないが、秀尚たちには冷たいものばかりではいささか厳しい――なども並んで、和やかで楽しい宴だ。

ゆきんこたちは助けてもらったお礼と舞いを見せた。小さな彼女たちがちまちまと踊りながら小さく粉雪を舞わせる姿はとても愛らしく、絶対に誰にも見せられないが、秀尚はその姿を動画に収めた。

舞いのあと、ゆきんこたちは接待のつもりなのか、それとも助けてもらった礼か、あるいは単に側にいたいのかはよく分からないが、暁闇と宵星の側にいることが多かった。

もちろん子供たちのところにも来て一緒に食べたり、秀尚や陽炎、冬雪の許にも来たが、基本暁闇と宵星の側である。

――そりゃ、彼女たちにとったらヒーローだもんなぁ……。

身振り手振りのゆきんこのコミュニケーションを、すべては理解できずとも大ざっぱに感じ取って返事をしている色違いの上半分の狐面姿の二人を見ながら、なんだかんだいって優しいんだなと秀尚は改めて思う。

ゆきんこの人気を二人占めしている彼らに、陽炎と冬雪――主に陽炎は面白くない様子を見せるかと思いきやそうではなかった。

雪櫻と紗雪を相手にいろいろ話をして楽しんでいる。

「本宮も、ここほどじゃないんだけどこの時季は雪が降るんだよ。せっかくの縁だし、雪櫻殿と一緒に紗雪殿も一度本宮へどうかな。本宮と契約してる雪女さんのところのゆきんこちゃんたちもいるから、こっちのゆきんこちゃんと会えたら喜ぶと思うしね」

冬雪は自然な流れで本宮へ遊びに来るように促す。無論冬雪の目当ては紗雪なので、視線は彼女に向けられている。

それに紗雪は残念そうに、少し眉を寄せた。

「とても嬉しいのですが、私はこの結界周辺でしか存在ができないのです」

「え、雪櫻さんと一緒でも無理なのかい？」

驚く冬雪に紗雪は頷き、

「紗雪は、この結界ありきで生み出した存在ゆえに……せっかくお誘いいただきましたのに、申し訳ありません」

雪櫻が謝罪する。

「そっか……。それじゃあ仕方ないよね」

冬雪は微笑みを浮かべて大人の対応を見せているが、

——あー…今、ポキッて、フラグ折れる音聞こえた気がするなぁ……。

内心で秀尚は思う。

その時、暁闇と宵星のベースキャンプを離れたゆきんこたちが陽炎の許にやってきて、空になっているお猪口を指差してから、冷酒の入ったガラスのとっくりを指差した。

「お、注いでくれるのかい？」

陽炎が言うと、ゆきんこたちはこくこくと頷く。

とはいえ彼女たちだけでとっくりを傾けて注ぐのは難しいので、主に陽炎が手酌のかたちでゆきんこたちは手を添えるだけなのだが、その気遣いと可愛さはまさしくプライスレスである。

「可愛い子たちに注いでもらうと、酒が何倍もうまく感じるな」

陽炎が言うと、ゆきんこたちは照れたように笑って、ゆらゆら揺れる。

そんな彼女たちに、

「来月にはお父様がお戻りですから、お父様にもお酌をしてあげてくださいね」

雪櫻が優しく微笑みながら、声をかける。

「旦那様、来月お戻りになるのですか？」

紗雪がパッと顔を明るくし、雪櫻が頷く。

「ええ、ようやく。この子たちが無事で本当によかった。何かあれば背《せ》の君《きみ》がどれほどお嘆きになったか。本当に皆さまのおかげです」

そう言って改めて雪櫻は頭を下げる。

こうして、陽炎のフラグも見事なほどに折れたのだった。

八

雪櫻たちとの楽しい宴を終え、秀尚たちは陽炎の術で、子供たちが行方不明になった日の夜のコンドミニアムに戻ってきた。

ずっと消えていた携帯電話の日付部分に無事、その日が表示され、確認のためにネットに繋いでみたが、確かに行方不明当日だった。

「……ってことは、雪崩とかなかったことになるんですか？」

秀尚はハートブレイクまっただ中の陽炎に問う。

秀尚がこの時間軸に戻ってきたということは、すでに行きすぎていた時間で起きたことはどうなるのかが分からない。

「いや、雪崩は起きる。だが結局人に被害は出ていないから問題はない」

「暁闇さんと宵星さんが女の子に騒がれてたって話も聞いたんですけど。写真撮られたとか、そういうのは……？」

「一時的な接触でしかないから、特に記憶やデータの抹消もしないよ。僕たちも数日程度の時間軸のズレなら干渉《かんしょう》は受けないからね」

そう返したのは陽炎ほどではないものの、ハートブレイク中の冬雪である。

彼らは時間軸の影響を受けずとも、秀尚は違う。

だから秀尚は、結界の外に出ることも、そして携帯電話にリアルな時間軸から来る連絡を受けることも禁じられた。

もし秀尚が結界の外の時間軸と繋がってしまえば、陽炎たちが掴んでいる座標へ戻ることができなくなるからだ。

もっとも結界内は圏外《けんがい》になっていたので、連絡が入ることはなかったのだが。

「さて、そろそろ俺たちは帰るとするか。おまえさんたち、忘れ物はないか？」

陽炎が子供たちに声をかける。

それに子供たちはまだ遊び足りないのか、渋《しぶ》る。

「もういちど、すきーしたかったなぁ……」

「ぼくも、そりですべりたかったです」

浅葱と萌黄が言うのに、他の子供たちも頷くが、

「はたえ、おかあさんにあいたくなっちゃった」

ポツリと二十重が呟くのに、十重も頷き、他の子供たちも同意の様子だ。

稲荷の素質を認められた彼らだが、まだまだ親元で甘えて暮らしたい年頃だ。

勘違いしていたとはいえ、雪櫻に「我が子」として扱われ、また帰ってきたゆきんこたちに向ける愛情などを見て、いろいろと感じ入るところがあった様子だ。

もちろん、他の大人稲荷たちが愛情深く彼らを見守り、育てているが、それでも『親』から得る愛情は別なのだろう。

「そうだな……すぐにってのは無理だが、薄緋殿と相談するか。会える時に会っておかないとな」

陽炎はそう言って十重と二十重の頭をわざとぐちゃぐちゃにするようにして撫でる。

「もー、かみのけぐちゃってなっちゃった！」

「りぼんゆがんじゃった！」

十重と二十重は頬を膨《ふく》らませて怒る。

「はは、すまんすまん」

笑って陽炎は謝る。

「じゃあ、俺たちも帰るか」

「そうだな。一足先に失礼する」

暁闇と宵星が言うのに、

「お疲れ様でした」

秀尚が声をかけると、暁闇は口元だけで笑い、いつもの下半分の白い狐面に戻った宵星は少し目を細め、そのまま二人でふっと消えた。

「さあ、僕たちもお暇《いとま》しようかな」

冬雪が子供たちを促す。

「じゃあ、加ノ原殿、今夜は一人でくつろいでくれ」

そう言った陽炎に、秀尚は慌てる。

「あ！　ちょっと待ってください。これ、加ノ屋に戻しておいてもらえませんか」

秀尚はリビングの片隅に置いてあった寸胴鍋と枕を持ってきて、陽炎に託す。

さすがに寸胴鍋と枕を自力で持ち帰りたくはなかった。

「それもそうだな。さて、もう忘れ物はないか？」

再度、確認すると、陽炎たちはそのまま『場』を繋いで帰っていった。

急に静かになったコンドミニアムの中、秀尚はソファーに腰を下ろすと、携帯電話を手に取った。そして明日の新幹線の時間を変更する。

まっすぐ京都に戻るつもりでいたが、明日、ここを予定より少し早く出て、東京で乗り換える、京都に帰る新幹線を一番遅いものにした。

――おかあさんにあいたくなっちゃった――

――会える時に会っておかないとな――

二十重と陽炎の言葉や、雪櫻とゆきんこたちの姿を見て、秀尚も家族に会いに寄ってから、帰ることにしたのだ。

離れていても、家族は家族だ。

それは変わることはないし、まめにアプリで連絡も取っている。

けれど、陽炎が言ったとおり、会える時には会っておくことも必要だ。

今すぐではなくとも、その時は、やがて失われてしまうのだから。

「あー、そうなるとお土産…、漬物でいっか……」

そんなことを一人ごち、秀尚は携帯電話を置いた。

◆◇◆

加ノ屋に戻った翌日の土曜は一日休憩し、秀尚は日曜の朝からゆるゆると仕込みを始めた。

人界の時間軸で言えば、一週間ぶりの加ノ屋の厨房だが、途中で雪櫻の結界内で数日過ごしているので、秀尚の体感的にはもっと久しぶりである。

そのため、いろいろと手順が抜けていたりもしたが、夜には予定どおり、常連稲荷たちが居酒屋に集まってきた。

「秀ちゃん、久しぶり〜！」

「わーい、やっと大将に会えた！」

笑顔で入ってきた時雨と濱旭に、秀尚は軽く会釈する。

「お久しぶりです、いらっしゃいませ」

「おう、来たか」

先に来て配膳台についていた陽炎が手招きする。他にもすでに冬雪と景仙が来ていて、突き出しの漬物三種盛りをつまみに飲み始めていた。

「あら、お漬物おいしそう。これはしょっぱなから日本酒かしら」

「熱燗でいきたいよね！」

時雨と濱旭の言葉に、

「まあ、とりあえずこれを飲め」

とすでに熱燗で始めていた陽炎が徳利を手にする。それに時雨と濱旭はお猪口を手にした。

「大将との久々の再会にかんぱーい」

濱旭が言って飲む。それに時雨も「かんぱーい」と頷きつつ、

「でも、本当に久しぶりなのはアタシたちと景仙殿だけでしょ？　陽炎殿と冬雪殿は一緒

だったみたいだし」

　時雨が突っ込んでくる。

「こっちの時間だと、一緒にいたのは一日半弱、かな」

　冬雪が説明するのに、時雨はにやりと笑った。

「うっすら噂で聞いてるわよ」

「なんか、いろいろあったんでしょ？　何があったのか教えてよー」

　話をねだる二人に、陽炎は仕方ないなとばかりに一度息を吐くと、

「子供たちが加ノ原殿に会いたがって突撃したことは話したと思うが……」

　と切り出し、行方不明になったゆきんこと間違って、雪女の雪櫻が子供たちを自分の結界に連れていってしまったこと、ゆきんこたちの捜索を手伝ったことなどを話す。

「ちょっと、どうして呼んでくれないのよ！」

　その話に憤慨《ふんがい》したのは、雪女が初恋と言っても過言ではない時雨だ。

「仕方がないだろう。人界で任務に当たってる時雨殿たちと連絡を取ったら、加ノ原殿が戻る時間軸が崩れる」

「それはそうだけど……」

　秀尚にはよく分からないが、時雨には納得できる理由だったらしい。

「まあ、そう怒らないで。はい」

冬雪が言って、懐から水晶玉を出す。

そこに映し出されていたのは宴の時の雪櫻や紗雪、ゆきんこたちの姿だ。

「あ、この子可愛い！」

濱旭が指差したのは紗雪だ。

「ああ、紗雪ちゃんだね。雪櫻殿の侍女さんだよ」

冬雪が説明する。ナチュラルに「ちゃん」づけに戻っているのに、秀尚は内心で苦笑する。

「アタシは奥にいる人が気になるんだけど！　もっと大きく見せて」

水晶玉を奪い取りかねない勢いの時雨に、陽炎が自分の水晶玉を取り出し渡す。

「こっちで見るといい」

「ありがとう、陽炎殿！　この人！　この美人が雪櫻殿？」

時雨は早速目当ての人物を指差し、問う。

「ああ、そうだ」

「銀髪なのね。アタシが会った雪女さんは黒髪だったわ。でも、本当に美人……」

ため息をつく時雨に、

「ゆきんこちゃんたちも銀髪なんだねー」

濱旭がゆきんこたちの「感謝の舞い」を見ながら、その可愛さに微笑みつつ言う。

「家系っていうのかな？　それによって髪や目の色は違うみたいだよ」

冬雪が言うのに、

「どっちにしても、やっぱり美人だわ……。ああん、キュンキュンしちゃう」

時雨はときめきを隠さず、

「冬雪殿、紗雪ちゃんってどんな子？　性格とか！」

濱旭が積極的に情報を聞き出してくる。

「控えめだけど、よく気がついてすごくいい子だよ」

「料理も上手でしたよ。手際もいいし」

冬雪に続いて秀尚も情報を補足する。

「え、いいじゃん！　連絡先の交換とか、しなかったの？」

そわそわする濱旭に、

「一応、文《ふみ》のやりとりができる程度の連絡先は交換したけど……紗雪ちゃんは、雪櫻殿の結界の中と、本当にその周辺でしか生きられないんだ」

冬雪は残念そうに告げる。

「…遠距離恋愛……通い婚…」

やや高いハードルに、濱旭は肩を落とす。その濱旭の背中を時雨はバン、と叩いた。

「そう落ち込まないの！　で、陽炎殿、雪櫻殿は？」

キュンキュンしたまま時雨は問う。だが、

「既婚者」

陽炎が放ったその三文字で、時雨は撃沈した。

「考えてみれば、ゆきんこちゃんっていう可愛い『娘』たちがいるんだから、未婚のはずがなかったんだがなぁ……。つい夢を見たな…」

陽炎も遠い目をする。

——あー、お通夜《つや》モードに入っちゃったなぁ……。

四人を見て思った秀尚の視線の先では、既婚者の景仙が被弾しないように完全に気配を消していた。

その時だ。

重くなった空気を一掃する救世主が厨房の裏口近くに現れた。

きらめく大量の光の粒、そして舞い散る真紅《しんく》の薔薇の花びら。

「もう集まっていたか」

「早いな」

暁闇と宵星である。その二人に、

「ちょっと！　厨房で花びら撒《ま》くのやめてって俺言いましたよね！」

秀尚は、とりあえずキレる。

「ああ、すまない」

「そもそもスキー場で会った時は薔薇じゃなかったじゃないですか。ダイヤモンドダストのほうがまだましなんですけど？」

溶けて水になる分、掃除の手間が省《はぶ》ける。しかし、

「あの場所で花びらを飛ばしたら、目立って仕方がないだろう。俺はＴＰＯはわきまえるほうだ。任務の時も消すぞ」

ドヤ顔だと分かる口調で言ってくる。

「それにこの場所はあの場所ほど気温が低くないから、ダイヤモンドダストは無理だ。期待に添えずに悪い」

「いや、期待はしてないです。とりあえず本当にここに来る時は花びらやめてください」

「久しぶりに来たからな。オプションを消すのを忘れていた」

「まさかのオプション制。オプションいらなくないです？」

とりあえず、突っ込む。

「いや、これをやると気合が入る」

そう言う暁闇の隣で、宵星も黙って頷いた。

「宵星さんも、オプションつけるんですね」

——そういえば、前にここで黒い羽根、撒き散らされたなぁ……。

そんなことを思い出す秀尚に、

「俺は本当に気合が必要な時と、特別な時しかやらないがな」

宵星はそう返し、配膳台へと向かって歩いてくる。続けてこようとした暁闇には、

「花びら片してからにしてください」

と言うのを秀尚は忘れない。

「本当、大将ってブレないよねー」

濱旭が笑って言ううちに、あっという間に術で花びらを片づけた暁闇も配膳台にやってきた。

そして、全員が集まったところで、

「では、今日のメイン出しまーす」

秀尚は配膳台に準備していたカセットコンロに、大きな土鍋を置いた。

「おお、鍋か！」

「温まりそう！」

陽炎が嬉しそうに言うのに、

「一人だとなかなか鍋ってできないのよねぇ」

濱旭と時雨も続ける。

「今日はきりたんぽ鍋です」

秀尚はそう言って、手作りしたきりたんぽを一人二本ずつ、焼き魚用の皿に載せて配る。

一本はノーマルな形で、もう一本は上の部分を細工して、狐に見えるようにしてみた。

「ああん…、こんな可愛いの、食べられない」

時雨は悶えるが、

「いや、時雨殿、この前、ひよこ饅頭《まんじゅう》、頭からいってたよね？」

濱旭が突っ込む。

「食べる時はひと思いに、を鉄則にしてるの」

にこりと笑う時雨に「殺《や》る時は殺る」密かな武闘派の一面を思い出しつつ、

「今日は俺もご一緒させてもらいます」

そう言って、陽炎と暁闇の間にイスを置いて座る。

「もちろんだ。おまえさんも日本酒でいいかい？」

陽炎は言いながら秀尚にもお猪口を準備して注ぐ。

こうして全員揃ったところで、

「それでは、加ノ屋のますますの繁盛と、加ノ原殿の健康、そして俺たちの癒しの時間がこれからも長く続くことを祈って」

陽炎が立ち上がり音頭を取る。

それに合わせ、全員、手にしたお猪口を掲《かか》げ――。

「乾杯！」

加ノ屋の夜は、いつもどおり、楽しく更《ふ》けていったのだった。

おわり

番外編

ゆきんこちゃん、出会う

人界と神界の狭間という不安定な空間に存在する「あわいの地」。

そこには、将来稲荷神《いなりがみ》となる素質を持つ仔狐たちを養育する「萌芽《ほうが》の館《やかた》」がある。

「うすあけさま、ただいまー」

「ただいまー」

明るい声で子供たちが帰ってきたのは夕刻だった。

「おかえりなさい」

出迎えた保育狐の薄緋《うすあけ》に、全員が順々に抱きついて懐く。

「いろいろ大変なこともあったようですが、無事に戻って何よりです。……楽しんできましたか？」

薄緋の問いに、子供たちは口々に「うん！」と肯定すると、

「ゆきがいっぱいだったの！」

「あしに、いたをつけるの」

「そりですべったよ！」

思い思いに語り出す。

それに、薄緋は微笑むと、

「土産話は、明日、ゆっくりと聞くとしましょう。風呂の準備ができていますから、行きますよ」

そう言って子供たちを風呂場へと促しつつ、子供たちと共に戻ってきた陽炎《かぎろい》と冬雪《とうせつ》に目配せをして、後ほど詳しい話を、と伝え、風呂場へと向かう。

入浴をすませた子供たちは、たっぷり遊んできたことと、楽しかったとはいえいつもとは違う環境にいたことで疲れていたらしい。早めに布団に入らせると、絵本の一冊目で全員がすやすや眠りの国へと旅立っていた。

「おやすみなさい」

小さな声で告げ、薄緋は子供部屋の電気を消して、階下の厨へと向かう。

萌芽の館の厨は結構立派なものなのだが、普段は湯を沸かすのと、食器を洗う程度にしか使われていない。

理由は、ここで料理をする者がいないからだ。

大人の稲荷になると、食事をせずとも『気』だけで生きていくことができるが、子供たちは無理だ。

そのため、造られたのがこの厨で、最初はここで子供たちに調理担当の稲荷が食事を作ることになっていた。

しかし、大人の稲荷が食事を作ると、そこに神気が混じってしまい、それが幼すぎる子供たちが毎日摂取すると害になってしまうことが判明し、立派な厨であるものの、ほとんど活用されることはなかった。

今でも使われるのは人界から送られてくる料理を取り分けたり、温め直したり、また食べ終えた食器を洗ったりする時くらいで、調理という意味では使われていない。

その「人界から送られてくる料理」だが、作って送ってきてくれるのは『加ノ屋《かのや》』という食事処を営《いとな》んでいる、加ノ原秀尚《かのはらひでひさ》という青年だ。

彼がこのあわいの地に迷い込んできた時、人界に戻るまでの間、子供たちの食事作りを引き受けてくれていた。

その時の縁で、人界に戻った今も、子供たちの食事作りを引き続き受けてくれていて、さらには週に一、二度、加ノ屋の定休日に子供たちが遊びに行くことも快く許可してくれているのだ。

薄緋は子供たちが加ノ屋に行っている間に、日頃の溜まりがちな書類仕事などを片づけたり、本宮《ほんぐう》に連絡に行って各種用件をすませたりできる。

そういう意味でも秀尚は薄緋にとって、非常にありがたい存在だった。

さて、その秀尚が、友人の結婚式に参加するために、しばらく店を空けるということになった。

もちろん、その間、子供たちは秀尚の料理を食べることができなくなる。

とはいえ、これまでにも秀尚の料理が食べられなくなることは何度かあった。

秀尚が実家に戻ったり、ちょっと旅行に出かけたりする時だ。

そんな時は、人界で調達したもの、たとえば弁当やレトルト食品などだが、それらをメインに、あわいの地の畑の野菜を添えたりして食べる。

今回もその予定だったのだが、いつもなら二日ほどであるのが、今回は一週間近くになることが分かっていた。

それは子供たちも納得ずみではあったのだが、実際に秀尚の不在になると、子供たちの心は早々に折れた。

二日でつらいのに、まだあと何日も秀尚の料理が食べられないのだ。

それに、秀尚に会うこともできない。

子供たちは少しでも秀尚の気配を感じたくて加ノ屋に行き、そして子供たちでは難しいはずの術を発動させて、旅先の秀尚の許へと行ってしまったのである。

さて、子供たちを寝かしつけ、厨に来た薄緋を待っていたのは陽炎と冬雪の二人だ。

厨のカウンターの前に置かれたイスに腰を下ろし、そこで持ち込んだらしい酒を飲んでいた。

「お待たせしたようですね……、酒を飲まねば待てぬほどに」

静かな声で言う薄緋に、陽炎はやや慌てる。

「いやいや、そういうわけじゃない。向こうでうまい酒と漬物を見つけてな、つい自制心が保たなかっただけだ」

その言葉に薄緋はふっと微笑む。

「冗談ですよ。……長く待たせてしまったのは事実ですから」

子供たちを入浴させ、寝かしつけるまで一時間半ほどかかっているのだ。決して短い時間ではない。

「あ、薄緋殿にもお土産で買ってきてるよ」

冬雪はそう言って、未開封の五合瓶と漬物のセットを差し出した。

「おや、気を遣わせましたね……。では、ありがたくいただきます」

変わることなく静かな声で薄緋は答えて、土産を受け取る。

薄緋は、あまり感情的になることはない。

基本的に気性は穏やかで、子供たちを叱らねばならない時でも、声を張り上げたりするようなことはなく、淡々と道理を説いて述《の》べる。

子供たちが説教をされている場面に遭遇《そうぐう》し、つい足を止めて聞いていると、大人であっても「すみませんでした……」という気持ちになりそうな代物《しろもの》である。つまるところ、精神的にキツイ。

その薄緋が感情をあらわにするのは『子供たちに何かが起きた時』だ。

子供たちを預かっている責任というのもあるだろうが、そういった責任感以上に薄緋は子供たちを大切に思っている。

今回もそうだった。

突然、館から子供たちが消えた時には、薄緋は焦った。

このあわいの地は、人界と神界の狭間にあるため、不安定であり、怪異が現れることがある。

そのため、陽炎や冬雪たちが警備をしてくれているのだが、以前、薄緋自身もその怪異――その時は餓鬼《がき》だった――に襲われたことがあるので子供たちがいなくなった時には心底心配した。

もっとも今回は、秀尚を追っていってしまっただけですんでよかったのだが、その後がよくなかった。

「しかし、あちらの雪女《ゆきおんな》一族とかかわることになるとは……」

陽炎たちと同じようにカウンターに並べられているイスに腰を下ろした薄緋は呟くように言う。

「ああ、まったく運が悪いというかなんというか……」

「人間ではない気配の子供ってことで、勘違いして連れていっちゃったみたいでね。まあ、それだけ我が子を案じて錯乱してたってことなんだけど」

陽炎と冬雪から、事の顛末は聞いていた。

とはいえ、薄緋が一報を聞いたのは子供たちが行方不明になったものの、雪櫻《せつおう》の許で無事であることを確認した後である。

すぐに伝えなかったのは、陽炎の配慮だ。

一通り調べて、それでも行方が掴めなければ報告しなければならないが、まだ調べ終わってもいないうちに行方不明になったと伝えても、いたずらに心配させるだけだからである。

「それに、加ノ原殿も……。あの方は普通の人でいらっしゃるのに」

陽炎たちや子供たちと交流があるため、こういったことに耐性があるとはいえ、秀尚は薄緋の言うとおり、普通の人間である。

しかし、秀尚の持つ本来の柔軟性と、「理解できないことは無理に理解しない。ただ目の前の事実を受け入れる」という割り切った性格のせいで、いろいろ巻き込まれても逞しく乗り越えている。

もっとも、それは秀尚が陽炎たちを信頼しているからでもある。

本当に自分に身の危険がある時、彼らが見捨てないと分かっているからだ。

「今回も張り切って料理をしてくれてたぞ」

「せっかくの休みだったのに、申し訳ない気分だけど……いろいろおいしかったね」

二人が言うのに、薄緋は一つ息を吐いた。

「まあ、子供たちも加ノ原殿も無事でよかったです」

「本当にそうだな。まあ、子供たちのおかげでこれまであまり交流のなかった、あちらの雪女殿の一族とも繋がりが持てたってことで、本宮からは強いお咎めはなしってことになりそうだ」

「加ノ原殿に関しても、いっそうの加護をって」

冬雪の言葉に、当然のことだとでも言うように薄緋は頷いたが、

「とはいえ、加ノ屋は加ノ原殿が一人で切り盛りしていらっしゃるわけですから……これ以上の繁盛をというわけにはいかないでしょうね……」

思案げに言う。

秀尚一人では、労働的な限界がある。そのために陽炎たちが秀尚と約束しているのが「いい感じの繁盛具合」なのだ。

疲弊《ひへい》することなく、楽しんで仕事ができて、安定的な黒字経営である。

もちろん、その約束に胡坐《あぐら》をかくようであればある程度で見切りをつけることになっただろうが、秀尚はそういうタイプではないし、人柄も好ましい。

無礼講のような軽口を叩きもするが、根っこの部分では陽炎たちを「神様」として敬《うやま》ってくれているのが分かる。

だからこそ、彼らは毎晩のように加ノ屋に通うし、薄緋も安心して子供たちを遊びに行かせている。

「健康運、対人運、勝負運……まあおおよそ、そういった部分の強化かな？」

稲荷は商売繁盛で有名な神様ではあるが、それ以外にもいろいろとご利益《りやく》はある。五穀豊穣や商売繁盛が突出しているというだけだ。

「対人運か……恋愛面が強化される可能性があるな…」

そう言った陽炎は難しい顔をする。

「喜ばしいことじゃないですか……。加護を受けた加ノ原殿に見合う相手となれば、相応の御仁《ごじん》が選ばれるでしょうし……」

難しい顔をする必要はない、と言外に告げる薄緋に、

「いやいや、それがなかなかに問題でな」

難しい顔のまま陽炎が言い、冬雪も頷いた。

「僕たちが足しげく、加ノ屋に行ってることは薄緋殿も知ってるよね」

「足しげくというより、ほぼ毎夜でしょう……？」

秀尚が仕込みをする時間の加ノ屋の厨房は、大人稲荷の居酒屋だ。秀尚が萌芽の館にいた時も同様に、仕込み時間はそうなっていた。

「それほどに通えるのは、加ノ原殿が俺たちの存在を受け入れてくれてるからだ。だが、彼女ができたら難しくなる。結婚をしたらもっと難しい。それゆえに、相手というのは限られてくる、というのが俺たちが達した結論だ」

もっともらしいことを言う陽炎だが、

「つまり今までどおりに自分たちが通いたいからそれが問題ない相手でないと困るというあなた方の願望をごり押ししたらそうなるというだけですよね？」

いつもゆっくりと間を置き話す薄緋が、早さはさほど変わらないものの「……」を挟まず、ノンブレスで一気に言いきった感で告げる。

「まあ、そういうことになるかな」

言い当てられ、冬雪は苦笑する。

「自分たちの欲望を押しつけるのは、いかがかと思いますよ……？」

薄緋は普段どおりの様子で言った。

「だが、加ノ原殿がこっち方面に理解のない相手と交際結婚となったら、子供たちが遊びに行くこともままならん」

と付け足した陽炎の言葉に、

「恋愛の祈祷はいささか不得手ではありますが……理解ある方との縁を、全力で願いましょう……」

薄緋は即座に返し、陽炎と冬雪は笑った。

◆◇◆

翌朝、子供たちはいつもの時間に薄緋に起こされた。

いつもどおりと言っても、ここ数日、萌芽の館を空けていたこともあって、久しぶりの萌芽の館での目覚めは新鮮だった。

身支度を整え、厨へと移動する。

秀尚はまだ加ノ屋に戻っていないので、今日の朝食は市販のものだ。秀尚が加ノ屋に戻ってもすぐに食事の準備はできないため、今週いっぱいは人界の市販品となる。

今朝はサンドイッチに、お湯を入れて作るスープと、畑で採れた野菜のサラダである。

「このさんどいっちもすきだけど、むこうでたべた、かたいぱんのさんどいっちおいしかった」

浅葱《あさぎ》が食べながら、スキー場で食べたベーカリーのサンドイッチの感想を告げる。

「ばけっとって、かのさんいってました」

萌黄《もえぎ》が覚えていたパンの名前を伝える。

「ぼくは、おひるにたべた、おむらいすがおいしかった！」

豊峯《とよみね》が言うと、子供たちは向こうで食べたご飯でおいしかったものを順番に挙げていく。

「わたしは、ゆきおんなさんがつくってくれたちらしずしがおいしかったなぁ」

「はたえも！　えびさん、いっぱいはいってたねー」

「ねー」

十重《とえ》と二十重《はたえ》姉妹は顔を見合わせて言った後、薄緋を見た。

「うすあけさま、ごはんのあと、ゆきんこちゃんとおしゃべりしちゃだめ？」

「むこうで、べつのゆきんこちゃんとあったの！」

二人の言葉に、他の子供たちも「ぼくも、ぼくも」と名乗りを上げる。

それに薄緋は少し考えた。

「そうですね……あまり、長くはいけませんよ」

冬とは言っても、あわいの地はそこまで気温が下がらない。

そもそも、ここには季節がない。正確にはまったくない、というわけではなく、子供たちの体調面を考えると、暑すぎる夏や寒すぎる冬はよくないだろうという配慮で、気温差が真夏と真冬で十五度前後というくらいの差ではあるが、一応、四季めいたものはある。

しかし、植えられている植物に四季は関係なく育つ。

桜と萩《はぎ》が同時に咲いていたり、イチゴと柿が同時に実ったりしているワンダーランド状態だ。

もちろん、シーズン外のものは多少生育が悪かったりということはあるのだが、ほぼ問題ない。

そんなわけで、保冷の仕事——彼女たち自身が放つ冷気を利用し、ものを凍らせたり、冷やしたりする、冷凍、冷蔵の仕事を彼女たちは請け負っている——で本宮に来る時以外は、年中雪と氷で覆われた雪女の結界内で育つゆきんこたちにとって、このあわいの「冬」は冬とはいえ暖かすぎる。

「どのくらいならだいじょうぶ？」

「そうですね……二十分くらいでしょうか…。ああ、食べ終わってすぐ、というのは無理ですよ。あなたたちのために部屋を火鉢《ひばち》で温めていましたからね。火鉢をよけて、部屋の温度が下がってからでないと」

薄緋の言葉に、子供たちはやや不服そうな様子を見せたが、ゆきんこたちが、暖かい場所では弱ってしまうということも充分分かっているので、頷いた。

「じゃあ、ごはんたべたら、おへやのおかたづけして、おそとであそぼ」

豊峯の提案にみんな頷き、

「ゆきんこちゃんとあそべるくらい、おへやがすずしくなったら、うすあけさま、よんでください」

萌黄が薄緋に頼む。

「分かりました。そうしましょう。……さ、みんな食べてしまいなさい」

喋るほうに気を取られ、食べるのがおろそかになっていることを薄緋はやんわり指摘する。その声に子供たちは再び食べ始めた。


部屋の片づけをして、外遊びをすること約一時間。

火鉢を別の部屋に移動させ、暖まっていた厨の空気を入れ替えた薄緋が、そろそろ頃合いだろうと子供たちを呼び戻した。

厨に入ってきた子供たちの前で、薄緋は冷凍庫として使っている漆塗《うるしぬ》りの箱を開ける。

普段は冷蔵庫に使っているほうにもゆきんこがいるのだが、現在、冷蔵庫が空っぽであるため、ゆきんこは全員、おやすみということで冷凍庫に戻っていた。

蓋を開けられた十五人ほどのゆきんこは、驚いた顔で薄緋を見上げる。

——おしごと?

——きょうからまた、おしごと?

という様子で首を傾げて、誰が順番だったっけ? と顔を見合わせる。

「今日はまだおやすみですよ……」

微笑みながら薄緋は声をかける。それにゆきんこたちは不思議そうな顔をする。

——じゃあ、なにかこおらせる?

――あいすくりーむ？

ものを置く場所を空け、スプーンですくって食べる仕草を見せて問うゆきんこたちに、

「今日は子供たちがみんなと話がしたいそうです。構いませんか？」

薄緋の言葉にゆきんこたちは、こくこくと頷く。

普段、ゆきんこたちが子供たちと触れ合うのは、ゆきんこが冷蔵庫を冷やす仕事を交代する時だけだ。

ものが凍るレベルの温度が快適なゆきんこたちにとって、ものが冷えるレベルで温度を保つ仕事は、長くは続けられない。

最悪の場合は溶けてしまうので、余裕を持って一日交代で仕事をしているのだ。その時に二、三分程度、手伝う子供たちと簡単なコミュニケーションを取る。

ゆきんこたちは、雪櫻のゆきんこたちと同じように、まだ「言葉」を発することができないのだが、こちらの言葉は理解してくれているので、身振り手振りや表情での簡単な意思疎通はできた。

さて、ゆきんこ式冷凍庫の蓋が開くと、子供たちが集まってきて、話しかける。

「あのね、このまえ、ちがうところのゆきんこちゃんとあったよ！」

浅葱の言葉に、ゆきんこたちは首を傾げた。

「えっとね、せつおうさんって、ゆきおんなさんのところの、ゆきんこちゃんです」

萌黄が説明するとゆきんこたちは、衝撃を受けたような表情をした後、ざわざわし始めた。

「あれ、ゆきんこちゃんたち、どうしたんだろ……」

様子を見ていた十重が首を傾げ、二十重を見る。二十重も首を傾げた。

予想では「わぁ、ゆきんこちゃんのおともだちができた」的な流れになるはずだったのだが、どう見てもそういう感じはない。

「うすあけさま、ゆきんこちゃん、どうしちゃったの？」

豊峯が不安そうに薄緋を見た。

薄緋とて、ゆきんこたちと話ができるわけではない。

とはいえ、雪女から預かっている大事な娘たちなので、何かあった時に意思疎通を図《はか》るための術は知っているため、その術を使って彼女たちの上に手を翳した。

「……ああ、そういうことですか…」

ゆきんこたちがこちらには聞こえない声と、身振り手振りで伝えてくることに薄緋は微笑んだ。

「うすあけさま、ゆきんこちゃんたち、なんて？」

実藤《さねふじ》が問う。

「ゆきんこ殿たちは、自分たちの母君とその姉妹以外に、雪女がいるということを知らなかったらしいですよ」

薄緋はゆきんこたちから聞いた情報を伝える。それに、今度は子供たちのほうが驚いた顔をした。

「そうなの？」

「いるんだよ！　ゆきんこちゃんたちいがいにも、ゆきんこちゃん！」

「えっとね、ゆきんこちゃんたちとおなじくらいのおおきさでね、それでかみのけのいろが、ぎんいろなの！」

伝えられる情報に、驚いた顔をしながら、顔を見合う。

様子からして『ぎんいろ？』『ぎんいろ？』と確認し合っているようだ。

「ぎんいろでね、ゆきんこちゃんたちみたいに、おきものきてるよ。おかあさんのゆきおんなさんも、おなじかみのいろなの」

二十重が言葉を添えると、わぁぁ、という様子を見せる。

本宮と契約をしている雪女一族は全員血縁関係で、黒髪黒眼だ。

娘のゆきんこたちも、同じく黒髪黒眼なので、よそで会ったという雪女やゆきんこたちも当然そうだろうと勝手に思っていたため、ゆきんこたちは興奮した。

「え……会ってみたい、ですか…？」

薄緋はゆきんこから感じ取れた感情を言葉にして確認する。それにゆきんこたちはコクコクと頷いた。

「あ、みんなでおしゃしんとったよ！」

「かのさんが、おしゃしんとってくれました！」

浅葱と萌黄が言うが、秀尚はまだ帰ってきていないことに気づく。

「いますぐみせてあげたいのに……」

浅葱が唇を尖らせるのに、薄緋はあることを思い出した。

「今すぐ、というのは難しいですが……夕方にはゆきんこ殿に見せてあげることができると思いますよ」

薄緋の言葉に、ゆきんこたちは小さく飛び跳ねながら、両手を上げて、やった！　と喜び、子供たちもゆきんこたちに、雪櫻のゆきんこたちを見せてあげられることが分かって喜んだ。

「では、それまでゆきんこ殿たちには、おやすみいただきましょうね……」

薄緋はそう言うと、冷凍庫の蓋を手に取る。

「じゃあ、ゆきんこちゃん、またあとでね！」

ばいばーい、と口々に子供たちが手を振りながら言うのに、ゆきんこたちも、手を振って返す。

その両者の愛らしさに微笑みながら、薄緋は冷凍庫の蓋を閉めた。

◆◇◆

「待たせたな。これが頼まれてた水晶玉だ」

夕方、警備任務の交代のためにやってきた陽炎は、取り出した水晶玉を子供たちに見せた。

その水晶玉には、雪櫻のところで催《もよお》された宴の様子が残されている。

昨夜、陽炎と冬雪の二人から、向こうであったことの報告を聞いていた時に、彼らが水晶玉に残していた様子を、薄緋も見せてもらっていた。

それを思い出したので、陽炎には夕方の任務交代の時に水晶玉を持ってきてくれるように頼んだのだ。

すると陽炎は、交代時間よりも少し早めに来てくれた。

再び冷凍庫の蓋を開け、子供たちと共に、陽炎が持ってきた水晶玉で雪櫻と彼女の娘の姿をゆきんこたちに見せる。

するとゆきんこたちは、自分たちと髪の色などは違うが、確かに同じゆきんこだと分かるらしく、驚いた顔をした後、にこにこして水晶玉の中のゆきんこに手を振ったり、あちらのゆきんこの踊りを真似たりし始める。

「むこうのゆきんこたちも可愛かったが、うちのゆきんこたちも可愛いもんだ。甲乙《こうおつ》つけがたい可愛さだな」

ゆきんこたちの様子に陽炎が言うと、ゆきんこたちは照れたように笑って陽炎に手を振ってくる。

それに陽炎が手を振り返すと、恥ずかしそうにして笑う。

その様子を見ていた薄緋は、

「あなた、最近、冬雪殿に似てきましたね……」

少し呆れた様子で言う。

「ん？　冬雪殿に？　……薄緋殿のその様子から見てあまりいい意味合いで言われたんじゃないことだけは分かるが……」

「そんなことはありませんよ？　そうですね……人当たりがこれまで以上に柔らかくなった、とでも言いましょうか」

元々陽炎は人当たりが柔らかいというか、誰にでも気さくに話しかける、いわばコミュニケーション能力の高い稲荷だ。

新人が入ってくると、先にでき上がっている輪の中に溶け込めるように率先して声をかけに行くし、そこでうまくやっていけると踏めば、頃合いを考えてそっと離れる。

絶妙の匙加減でサポートする陽炎を慕っている稲荷は多い。

そして冬雪も陽炎と同じく人当たりの柔らかい稲荷なのだが、彼の場合「ナチュラルに口説《くど》く」ように聞こえる節《ふし》がある。無論、男女関係なくである。

そのくせ、一歩踏み込まれれば様子を見るためなのか逃げ腰なのか、引いてしまうところがあるので、それを「駆け引き」と見なされ「駆け引きを楽しむ手練《てだ》れ」、つまるところタラシだと思われて警戒されるという結果になっていたりする。

もちろん、冬雪自身はそんなところはなく、本当に優しいだけなのと、相手をちゃんと見ようとしているだけなのだが、女慣れしていそうな見た目も相まって残念な結果になっている。

「まあ、人当たりが柔らかいのは確かに冬雪殿のいいところだな」

納得する陽炎だが、子供たちと一緒に楽しんで水晶玉を見ていたゆきんこが、何かを食い入るように見た後、目元を潤ませる者、それを慰める者と複雑な反応を見せたのに気づいた。

「ん、おまえさんたち、どうした?」

楽しい宴会で、そんな涙するようなシーンなどなかったはずだ。

疑問に思って水晶玉を見ると、そこには雪櫻があちらのゆきんこたちと笑っている姿が映し出されていた。

「……お母様を、思い出したのですか？」

薄緋が声をかけると、ゆきんこたちはこくこくと頷いた。

彼女たちは母親である雪女の許を離れてここに来ている。

雪櫻の姿に、母親を思い出したのだろう。

「そうだな、おまえさんたちも、仕事とはいえ親元を離れて来てるんだもんな……里帰りはどうなってるんだ？」

陽炎が問う。

「二ヶ月毎に半数ずつですので……四ヶ月に一度ですね」

「そうか……こんなに小さいのに四ヶ月も母親に会えないと、いくら姉妹が揃っているといっても寂しいこともあるだろう」

陽炎がしみじみと声をかけるのに、泣いていたゆきんこが涙を拭って、頭を横に振った。

「……雪女殿から、仕事に励みなさい、と言って送り出されているので大丈夫だそうです」

薄緋が言うのに、

「健気だなぁ……」

陽炎は言って、泣いていたゆきんこの頭を指先でちょいちょいと撫でる。

「おまえさんたちが頑張ってくれてるおかげで、うちの子たちもおいしいものを食べられてる。ありがとうな」

礼を言う陽炎に続いて、子供たちも、

「ゆきんこちゃん、ありがとう!」

「いつもありがとうございます!」

礼を言う。

それにゆきんこたちはにこにこ笑って、こちらこそ、とでも言うようにぺこりと頭を下げる。

「さて……そろそろ、冷凍庫の蓋を閉めたほうがよさそうですね…、加ノ原殿が作ってくれたゆきんこ殿のおうちが溶けてしまいそうですから」

薄緋が言う。その言葉どおり、以前秀尚がゆきんこのために作ったエディブルフラワーが閉じ込められた氷のドーム——冷蔵庫任務を終えたゆきんこが、他のゆきんこたちと少し離れて休めるようにした小部屋のようなものだ——の表面に水滴がついていた。

「あ、ほんとだ」

「たいへん、とけちゃう!」

気づいた子供たちも焦る。

「じゃあ、ゆきんこちゃん、またね!」

「またねー！」

急いでお別れの挨拶をして手を振る子供たちに、ゆきんこたちもそれぞれ手を振り、陽炎と薄緋にはぺこりと頭を下げて挨拶をしてくる。

「じゃあな、ゆきんこちゃん」

陽炎は水晶玉を置いていた冷凍庫の中から出し、薄緋はただ微笑んで冷凍庫の蓋を閉めた。

「さ…、夕食までもう少し時間がありますから、遊んでおいでなさい」

薄緋は子供たちを促す。

もう外は薄暗くなっているので、子供たちは部屋へと引きあげていった。

厨に残った陽炎は水晶玉をしまいながら、子供たちの足音が充分に遠ざかったのを確認した上で口を開いた。

「薄緋殿、昨日言うのを忘れたんだが」

「なんでしょう……?」

「子供たち、ここに来て長いだろう？　一度、親に会わせてやることはできないかと思ってな」

陽炎の言葉に、薄緋は少し考えるような間を置く。

「そうですね……。今なら、まだ会うことも可能ですからね」

「ああ」

ここにいる子供たちの親は、みんな普通の狐だ。同時期に生まれた兄弟・姉妹狐たちも同じくである。

だが、子供たちは違う。成長がかなり遅い。

普通の狐たちが過ごす一年と彼らの一年では、成長度合いが——老いの早さが違うということだ。

そして、寿命も。

陽炎と薄緋も、親や兄弟・姉妹、甥《おい》っ子姪《めい》っ子たちを、数多く見送った。

今も故郷に戻れば血筋は残っているかもしれないが、もう何代目かすら分からない。

長く生きるということは、そういうことでもあるのだ。

「仕方のないこととはいえ、早くに親元を離れなければならんというのはな」

親元の近くで、彼らのような稲荷になる素質を持って生まれた子供たちを預かることのできる者がいればよいのだが、いないからこそ、彼らはここに預けられている。

それは、稲荷になる修業のためではない。

彼らの存在が、普通の狐である親や兄弟にとって害となってしまうからだ。

彼らは肉体を保つために普通の食事が必要だが、足りなければ周囲にいる者から無意識に生気を得てしまう。

知らぬうちに親や兄弟の寿命を縮めてしまうのだ。

それを避けるために、預けるところのない子供たちをここで養育しているのである。

「白狐《びゃっこ》様に話をしておきます。できるだけ早急に許可をいただけるように」

「手間をかけさせるが、頼む」

その陽炎の言葉に薄緋は微笑む。

「いえ…、私の仕事です。子供たちも喜ぶでしょう」

「会える時期が決まったら、教えてくれ。手土産の一つでも持たせてやりたいからな」

陽炎はそう言うと軽く手を上げ、交代のために厨を出ていく。

それを見送ってから、薄緋は存外に細やかな気遣いをする陽炎が、どうして良縁に恵まれないのだろうと失礼なことを考えながら、白狐への書をしたためるために厨を後にしたのだった。

◆◇◆

「じゃあ、うすあけさま、かぎろいさま、いってきまーす！」

春。

明るい声でお土産を詰めたお揃いの唐草模様の風呂敷を背負い、子供たちが出発していく。

子供たちを里帰りさせたいという願い出はあっさり通り、頃合いを見計らってということになったのだ。

寒い時期よりも暖かい時期のほうがいいだろうということで、少し待たせることにはなったが、子供たちは一泊二日の小旅行気分で、それぞれ付き添いの稲荷と共に親元へと帰っていく。

「じゃあ、僕もそろそろ行くよ」

それぞれに開かれた時空の扉を通って子供たちが帰るのを見送り、最後にそう言ったのは寿々《すず》を抱いた冬雪だ。

見送った時よりも幼くなっている寿々に、きっと親は訝《いぶか》しく思うだろうが、そこはそれ、何かとタラシ込むのがうまい――いや、説明するのがうまい冬雪に頼むことにした。

「ああ、気をつけて」

「よろしくお願いしますね」

そう言って送り出す。

「さて……子供たちがいない間に、館中を掃除しなくては…」

薄緋が言うのに、

「俺も手伝おう、今日は非番だからな」

陽炎が申し出る。

「お休みの日なのに、よいのですか？」

「ああ」

「申し訳ありませんね。では…模様替えをしようと思うので……」

申し訳ないと言いつつ、即座に力仕事を振る薄緋に、

「薄緋殿らしいなぁ」

と、笑いながら、陽炎は腕まくりをする。

「子供たちが戻ってくるまで、頑張るか！」

そう言って張り切った陽炎は、容赦なく手伝いを頼まれ、翌日子供たちが親元を満喫して戻ってきた時には、筋肉痛でよろよろしていた。

そして、寿々の親元に行った冬雪は、説明ついでに寿々の両親と兄弟・姉妹縁者をブラッシングしまくり、そのテクニシャンぶりにモテモテだったらしい。

「すーちゃんの親戚《しんせき》に、可愛くて気立てもいい子がいてね……将来有望だったんだけど、もう許嫁《いいなずけ》がいたんだよね」

可愛い子って、どこでも争奪戦だよね、と遠い目で呟く冬雪に、陽炎はよろよろしなが

ら「どんまい」としか言えなかったのだった。

おわり

おもち
もちもち
パチ
パチ
ぷくぅ〜っ
ふくらんだ！
きゃっ
ぷくぅ〜って！
きゃっ
あはは
あっ！
かぎろいさまもふくらんでる〜！
しーっ！
あっ
つまみ食い禁止！
こぎわらシリーズ7冊目！
おめでとうございます〜!!!
西実さく
きなこじょうやがすき

本書は書き下ろしです。

SKYHIGH文庫

SH-063

こぎつね、わらわら
稲荷神《いなりがみ》のあったか飯《めし》

2022年2月25日　第一刷発行

著者　松幸《まつゆき》かほ
発行者　日向晶
編集　株式会社メディアソフト
〒110-0016
東京都台東区台東4-27-5
TEL：03-5688-3510（代表）/ FAX：03-5688-3512
http://www.media-soft.biz/
発行　株式会社三交社
〒110-0016
東京都台東区台東4-20-9　大仙柴田ビル2階
TEL：03-5826-4424 / FAX：03-5826-4425
http://www.sanko-sha.com/

印刷　中央精版印刷株式会社
カバーデザイン　東海林かつこ（next door design）
題字デザイン　小柳萌加（next door design）
組版　大塚雅章（softmachine）
編集者　長塚宏子（株式会社メディアソフト）
印藤 純、菅 彩菜、川武當志乃、引地ゆりあ（株式会社メディアソフト）

ISBN 978-4-8155-3534-6